콤플렉스 사용설명서

콤플렉스 사용설명서

정영희 산문집

도서출판 북인

내 속의 문장에게 무릎 꿇어 인사한다

'왜?'라고 질문하기 시작하면서 늘 황야에 버려진 듯했다. 도덕주의자들로부터 말이다. 그들은 '우리'라는 울타리에 '나'를 가두려 했다. 쓰는 자의 운명을 타고난 자를 우리we에 가둘 수는 없다. 쓰는 자의 운명이란 담 위를 걷는 것. 하여, 신의 은총이거나 저주이기 십상이다.

산문은 내가 나와 교감하는 말이다. 외로움이란 교감할 사람의 부재에서 온다. 미다스 왕의 이발사는 얼마나 외로웠을까. 그는 결국 구멍을 파고, '임금님 귀는 당나귀 귀'라고 속삭인다. 그처럼 나는 내 속의 외로움에게 말을 한다. 내 앞을 스쳐가는 인간들에 대해, 혹은 시간들에 대해, 혹은 격정에 대해. 처음엔 돌처럼 돌아앉아 있던 내 속의 외로움은 차츰 내 말을 들어주기 시작했다.

내 말의 무기는 문장이며 내 말의 방패 또한 문장이다. 이쪽과 저쪽을 강요하는 삶과의 투쟁으로 상처투성이인 내 영혼을 지켜주는 창과 방패. 내 속의 문장에게 무릎 꿇어 인사한다, 고맙다고. 오래 걸어온 나는 아직도, 이렇게, 문장으로, 내 운명과 조금씩 화해하며 살아내고 있다.

2020년 가을

정영희

Contents

작가의 말 | 내 속의 문장에게 무릎 꿇어 인사한다 · 4

제1부 복을 저금한 적 있나요

11 와신상담 중입니다
17 다시, 고도를 기다리며
24 강남 탈출기
31 책은 계륵이다
37 노자에게 가는 길
44 붓다의 길
51 복을 저금한 적 있나요

제2부 콤플렉스 사용설명서

61 부부란 무엇인가
68 명리학, 당신의 거울
75 콤플렉스 사용설명서
82 당신의 지음을 위해
89 그리움의 맛
96 굿바이, 아미르!
103 거위의 꿈

제3부 오이디푸스, 헤라의 저주

113 조조의 눈물

121 삶이란, 소립사의 복수

128 오이디푸스, 헤라의 저주

136 복기하는 삶이 아름답다

143 달콤한 인생

150 그리운 페르메이르의 시선

156 러브 어페어

제4부 로맨티스트 예찬

165 로맨티스트 예찬

171 스토너에게 기립박수를

179 아들의 연인

186 어느 소설가의 초상

196 돌아온 리베카

203 요리, 개백정 이야기

210 이제 돌아와 쉬고 싶다, 적토마는

제1부

복을 저금한 적 있나요

와신상담 중입니다

그저 요즘 생활이 와신상담 중인 듯하다. 사람을 별로 만나지 않고 내 고향 대구도 가지 않고 부모님도 서울 오시지 않고, 더더욱 인천공항을 갈 일이 없어졌다. 항공 협력회사 절반이 퇴직이나 휴직을 했다고 한다.

팬데믹Pandemic(세계적인 전염병). 세상이 문득 암흑기에 접어든 것 같다. 창대한 앞날이나 원대한 꿈 같은 건 잠시 접고, 숙연한 마음으로 하루살이처럼 하루 또 하루를 살아낸다. 내일 또 내일은 무지개가 뜰 것이라 여기며.

— 어떻게 지내십니까?

베트남에서 사업을 하는 지인의 안부 카톡이다.

— 와신상담 중입니다.

나는 왜 무심코 '와신상담'이란 고사성어를 사용했을까. 반성하며 조용히 자숙하고 있다는 뜻 아닌가. 물론 그 속에는 복수의 칼날이 숨겨져 있다. 선거가 끝난 후의 심정을 얘기한 건 아니다. 베트남의 지인이 그런 뜻으로 물었다 하더라도 말이다. '담' 위에 서 있는 자에겐 선거판이 어떻게 되든 복수의 칼날 같은 건 없다.

생각해보면 인간은, 인류는 지구라는 별의 바이러스인 셈이다. 높은 산에 올라가 도시의 야경을 내려다보면 바이러스가 번식하는 형상과 똑같이 도시가 번져 나간다. 인간은 문명이라는 이름으로 지구라는 별을 점점 황폐하게 만들고 있다. 지구도 이 우주에서 살아남아야겠기에 변종 바이러스 '코로나19'를 인간에게 보냈을 것이다.

지구로 봐서는 '코로나19' 바이러스가 자신을 살리는 백신이지 않겠는가. 어느 정도 인간을 솎아내어 더 이상 자신이 황폐해지지 않기 위해 말이다. 우주로 봐서는 지구가 건강해야 우주도 건강하게 존재하지 않을까. 그렇다면 우리는 지금 지구와 더 나아가서는 우주와의 전쟁을 벌이고 있단 말인가.

문득 궁금해졌다. 와신상담臥薪嘗膽이란 고사성어의 유래가. "섶(땔나무)에 누워 쓸개를 씹는다"는 뜻으로 복수를 하기 위해 온갖 괴로움을 참고 견딤을 이르는 말이다. 유래는 춘추 전국시대 오나라와 월나라의 전쟁에서 비롯되었다(사마천의 『사기』). 당시 양쯔강 하류에는 오나라와 월나라가 맞닿아 있었다. 세계사를 보면 언제나 국경을 맞댄 나라끼리 철천지 원수지간이 많다. 오나라는 월나라에 비해 인구도 많고 군사력도 좋은 강국이다.

그러나 천하패권을 노리며 북진정책을 펴려면 일단 남쪽의 소국 월나라부터 굴복시켜야 했다. 왜냐하면 월나라는 오나라의 발목을 물고 있는 형국이다. 오나라가 북진을 하는 틈을 타 성을 공격할 수도 있기 때문이다. 월나라는 오나라의 아킬레스건이다.

오나라 왕 합려는 월나라를 깔보고 전쟁터에 갔다가 화살에 맞아 죽는다. 그 아들 부차에게 원수를 갚아달라고 유언을 남긴다. 합려가 죽자 월나라 왕 구천은 오만해져서 책사 범려와 늙은 대신들의 반대를 무릅쓰고 오나라와 전쟁을 일으킨다.

결과는 참담하다. 월나라는 패하고, 월왕 구천은 오왕 부차의 노예가 되어 끌려간다. 부차는 구천을 죽이라는 재상 오자서의 충언에도, 간신 백비의 말을 듣고 구천을 살려준다. 3년여 동안 죽음보다 못한 온갖 굴욕과 능욕과 비굴과 고초를 겪으며 그는 악착같이 살아남아 복수를 꿈꾼다.

구천은 살아돌아와 섶에서 잠을 자고 쓸개를 핥으며 복수의 칼날을 간다. 저 유명한 중국 고대 4대 미녀(서시, 왕소군, 초선, 양귀비) 중 한 명인 '서시'는 월나라 여인으로 이때 오왕 부차를 홀리는 미인계로 등장한다.

왕소군은 한나라 원제의 궁녀였으나 흉노로 시집가서 왕후가 되고, 초선은 여포의 여인이지만 동탁을 잡는 미인계로 이용되고, 양귀비는 당나라 6대왕 현종의 귀비였다. 모두 경국지색傾國之色, 임금이 미혹하여 나라가 기울어져도 모를 만큼 빼어난 미인으로 일국의 왕들은 그녀들과 놀아나다 나라를 말아먹는다.

오왕 부차도 '서시' 미인계에 빠져 판단력이 흐려진다. 나라가 망하려면 경국지색에 반드시 하나 추가해야 하는 구색은 간신이다. 나라가 망조가 들 때는 왕이 하늘의 뜻인 백성의 소리를 듣지 않고 간신들의 말만 듣는다. 동서고금 한 치의 예외가 없다.

문제는 간신이 스스로 간신인 줄 모르고, 왕 역시 옥석을 구별할 수 있는 눈과 귀가 없다는 데 있다. 간신이 간신인 줄 아는 건 나라가 망한 후 역사가의 몫이니, 어쩌랴.

우리가 잘 아는 오나라 장수 '손무'는 그때 이미 주색을 즐기는 부차의 곁을 떠나 은둔하며 『손자병법』을 완성한다. 부차는 간신 백비의 말을 듣고 북진을 강행하고 천하의 맹주가 되려한다. 그 틈을 월왕 구천이 놓칠 리 없다. 와신상담하며 11년을 기다린 기회가 아니던가. 구천은 오나라를 공격하고 그로부터 9년 동안 전쟁을 한다. 월왕 구천은 승리하고 오왕 부차는 무릎을 꿇고 자결한다. 이리하여 20년 만에 와신상담 고사성어는 완성된다. 섶에서 자고 쓸개를 씹으며 복수를 꿈꾼다.

그렇다면 나는 왜 베트남의 지인에게 '와신상담 중입니다'라고 무심결에 회신을 했을까. 내 속에 아직도 복수의 칼날이 남아 있었던가. 무엇을 위한 복수인가. 누구를 위한 복수인가.

그대로 순순히 저 휴식의 밤으로 들지 마십시오.
하루가 저물 때 노년은 불타며 아우성쳐야 합니다.
희미해져 가는 빛에 분노하고 또 분노하십시오.

죽음을 맞아 침침한 눈으로 바라보는 근엄한 이여,
시력 없는 눈도 운석처럼 타오르고 기쁠 수 있는 법,
희미해져가는 빛에 분노하고 또 분노하십시오.

영국의 음유시인 딜런 토마스(1914~1953)의 「순순히 저 휴식의 밤으로 들지 마십시오」 전문이다.

T. S. 엘리어트(1888~1965)의 그늘에 철저히 가려진 방랑시인. 그는 가난하고 학벌도 없는 천재 시인이었다. 39세에 뉴욕의 어느 여관방에서 홀로 객사했다. 엘리어트보다 늦게 태어났지만 12년이나 일찍 세상을 떠난 불우한 시인이다. 39세에 떠난 딜런 토마스의 영혼의 나이는 100세쯤 되었을까. 희미해져가는 빛에 분노하라고 허

공에 종주먹을 날리듯 외친다. 신神에 대한 저항인가. 결코 죽음에 승복하지 말라고 선동한다. 그러나 그는 불혹이 되기도 전에 죽음에 무릎을 꿇고 말았다. 그에겐 와신상담하며 세상에 복수할 시간이 주어지지 않았다.

월왕 구천은 20년간 와신상담하며 복수를 꿈꾸었고 마침내 그 뜻을 이루었다. 그러나 딜런 토마스에겐 그 시간이 허락되지 않았다.

20년이 아니라, 30년, 40년, 평생을 와신상담해도 꿈을 이루기 어려운 게 범부의 삶 같다. 시력 없는 눈도 운석처럼 타오르고 기쁠 수 있는 법, 희미해져가는 빛에 분노하고 또 분노해야겠다. 딜런 토마스를 위해, 나를 위해. 그러나 복수는 다음 생으로.

와신상담 중입니다.

다시, 고도를 기다리며

책 광고였는지 고전문학 소개 시리즈였는지 기억에 없다. 오래 전 신문에 실린 사무엘 베케트(1906~1989, 1969년 노벨문학상 수상)의 주름진 노년의 얼굴을 오래도록 바라보았다. 이렇게 아름답게 늙을 수도 있구나. 배우의 얼굴도 아닌데 그의 얼굴은 많은 이야기를 담고 있었다. 난 그 사진을 소중하게 오려 문방구로 가져가 코팅해서 책장에 세워두고 매일매일 본다.

특히 오늘처럼 종일 우울한 날은 좁은 오피스텔을 서성이며 베케트의 주름투성이 얼굴을 하염없이 본다. 그도 죽을 때까지 '고도'를 기다렸겠지, 하는 마음으로. 그의 눈은 누군가를 보고 있는 것 같기도 하고, 그저 허공을 보고 있는 것 같기도 하다. 흑백사진이지만 그의 깊은 눈은 분명 청회색일 거라 생각했다. 이 글을 쓰며 찾아보니 정말 그의 눈은 청회색이었다. 심연深淵. 그의 깊은 청회색 눈은 심연이라는 단어를 생각나게 했다.

베케트의 희곡『고도를 기다리며』(1952년 작)를 나는 고등학교 때 구입한 기억이 난다. 도덕선생이 일러 주기만 하면 마구잡이로 책을 사던 시절이었다. 신구문화사 노벨문학상전집 시리즈에 끼여 있었다. 깨알 같은 글씨에 세로쓰기로 인쇄된 책이었다. 그 책은 어디로 갔는지 없고 지금 내 책장에는 민음사(2012년)에서 나온 책이 꽂혀 있다. 처음 그 희곡을 읽었을 때의 충격적인 떨림은 잊을 수가 없다. 아, 이렇게 단순한 말들로 이렇게 절망적인 인간의 내면을 드러낼 수 있구나 싶었다.

종일 우울했다. 상담으로 바쁜 와중에도 우울하고 쓸쓸하다는 생각이 내 영혼의 한 귀를 집요하게 물고 늘어졌다. 습관처럼 책장에 세워둔 베케트의 주름진 얼굴을 본다. 나는 무엇을 기다리는가.

어릴 때는 방학을 기다렸다. 겨울이면 봄을 기다렸고, 여름이면 가을을 기다렸다. 오래 전 아열대 기후인 동남아를 처음 갔을 때 알았다. 사계절이 있다는 게 신의 축복임을. 일 년 열두 달 이렇게 덥기만 하다면, 출구 없는 미로에 갇힌 기분일 거 같았다. 그 지루함을 어떻게 견딘단 말인가. 기다림이 없는 삶. '아무 일도 일어나지 않고, 아무도 오지 않고, 아무도 가지 않는' 끔찍한 시간. 사무엘 베케트의

『고도를 기다리며』가 떠올랐다. (물론 그들은 그들의 삶의 형식이 있을 것이다.)

에스트라공 : 나는 이런 짓을 계속할 수 없네.

블라디미르 : 그것은 자네 생각이지…. 우린 여기서 할 수 있는 게 없네.

에스트라공 : 어딜 가도 마찬가지지.

블라디미르 : 고고, 그런 소리 말게. 내일이면 다 잘 될 거니까.

에스트라공 : 잘 된다고? 왜?

블라디미르 : 자네 그 꼬마가 하는 얘기 못 들었나?

에스트라공 : 못 들었네.

블라디미르 : 그 놈이 말하길 고도가 내일 온다는군. 그게 무슨 뜻이겠나?

에스트라공 : 여기서 기다려야 한다는 뜻이지, 뭐.

블라디미르 : 내일 같이 목이나 매세. 고도가 안 온다면 말이야.

에스트라공 : 고도가 온다면?

블라디미르 : 그럼 사는 거지.

너무나 유명한 작품이라 선불리 토를 달기도 쑥스럽다. 늙고 가난한 두 방랑자, 블라디미르와 에스트라공은 언제부터 기다렸는지조차 모른 채 고도라는 인물을 기다린다. 그들은 고도를 기다리는 매일매일이 지긋지긋하고, 우울하고, 절망스럽고, 번뇌에 휩싸인다. 고도를 기다릴 것인지 말 것인지. 그러나 고도는 오지 않는다. 그러나 그들은 고도를 기다릴 수밖에 없다. 그것만이 희망이며 시간을 견딜 수 있는 의미이기 때문이다.

베케트는 블라디미르와 에스트라공을 통해 인간의 부조리를 보여주고 있다. 이 작품은 기다림에서 시작해서 기다림으로 끝이 난다. '나는 기다린다, 고로 존재한다.' '기다림'이란 인간을 존재하게 하는 명제命題다. 고도가 누구냐고 묻는 질문에 베케트는 '그걸 알았더라면 작품에 썼을 거라고' 답했다는 유명한 일화가 있다.

다시 돌아가자. 나는 무엇을 기다리는가. 왜 이렇게 불안하고 우울하단 말인가. 가을이 너무 길어서 그런가. 올해 가을은 수상하게 길다. 11월 중순이면 첫눈이 오기도하고 영하권으로 떨어지기도 할 텐데 올해 가을은 지루하다. 오지 않는 고도를 기다리는 블라디미르와 에스트라공처럼 말이다. 바람이 불 때마다 낙엽이 소나기처럼 쏟아져 잠시 걸음을 멈추고 하늘을 올려다본다.

아직 겨울은 오지 않았다. 나는 겨울을 기다리는가. 아니다. 나는 '생활'이 끝나지기를 기다린다. 생활이란 호구지책으로 하는 일이다. 생활이 끝나지고 내 '삶'을 살고 싶다. 내 삶이란 오롯이 내 영혼만을 위한 시간이다. 침묵서원을 한 수도자처럼 혼자 실컷 책을 본다든가, 실컷 영화를 본다든가, 글을 쓰기 위해 한없이 게으름을 부리는 짓들 말이다. 아아, 일용할 양식이 있다는 건 신의 은총이다. 나는 '밥벌이'를 해결하는 일이 끝나지기를 기다린다. 그러나 죽을 때까지 그것은 고도처럼 오지 않을 것이다.

— 종일 환자 기다리다 등골이 휘는 거 같다.

산부인과를 개업한 친구의 문자를 받고 잠시 멍했다. 이 친구는 환자를 기다리는구나. 의사는 환자를 기다리고, 변호사는 의뢰인을 기다리고, 검사와 형사는 범죄를 기다리고, 약사는 손님을 기다리고, 신부와 목사와 스님은 신도를 기다리고, 기자는 특종을 기다리고, 학원선생은 학생을 기다리고, 콜걸은 남자의 전화를 기다리고, 시인은 시상詩想을 기다리고 소설가는 서사敍事를 기다리고, 위정자는 표를 기다리고, 처녀는 총각을 기다리고, 총각은 처녀를 기다리고, 바람난 유부녀는 어린 애인을 기다리고, 불임부부는 아이를 기다리고, 농부는 비를 기다리고, 어부는 고기를 기다리고, 월급쟁이는 월급을 기다리고, 역술가는 사주볼 사람을 기다리고, 무당은 굿할 사람을 기다리고, 블라디미르와 에스트라공은 고도를 기다린다. 그리고, 그리고 우리 모두는 죽음을 기다린다. 하여, 나는 죽음을 기다리는가.

우리 모두는 거대한 하나의 배를 타고 죽음을 향해 가고 있다. 그대가 의사를 하든 변호사를 하든 정치를 하든, 혹은 대리운전을 하든 택배기사를 하든 환경미화원을 하든, 모두 같은 배를 타고 오지 않는 '고도'를 기다리며 말이다. 신의 위대함은 인간에게 공평한 죽음을 선사함에 있다.

'어느 날 태어났고, 어느 날 죽는', 유한한 생명을 가진 것들의 비애에 관한 희곡이다. 시간의 검증을 거친 석탑처럼 사무엘 베케트의 『고도를 기다리며』는 불후의 명작이다. 베케트의 주름진 얼굴을 바라보며 결국 종일 우울한 이유를 알았다. 한동안 글을 쓰지 못했기 때문이다. 오백 장쯤 쓴 장편소설은 USB에 잠들어 있다. 주인공은 주인이 불러주기만을 기다리는 '지니'처럼 매일매일 나를 기다릴지 모른다. 자신의 이야기를 빨리 끝내달라고.

히트작도 없고 명작도 못 쓰면서 왜 난 포기가 되지 않는 걸까. 왜 한동안 글을 못 쓰면 우울할까. 이렇게 사느니 그만 살고 싶다는 생각을 할 때도 있다. 그저 누군가에게 말을 하고 싶은 건지도 모른다. 내 심연에 존재하는 어떤 이야기를. 아무도 듣는 사람이 없으므로 나는 내 속의 외로움에게 느리게 말을 하기 시작했다. 그러다 여기까지 왔다.

블록버스터 영상과 디테일한 영상이 넘쳐나는 세상이다. 그러나 문장으로밖에 전달 할 수 없는 인간의 욕망에 관한 묘사가 분명 존재한다. 사랑과 미움과 원한과 분노 같은 거 말이다. 그러므로 시인이나 소설가는 소비되지 않는다고 해서 한물간 예술가가 아니다. 글씨로 혹은 문장으로 영혼의 소중함을 되짚어주고, 또 되짚어주며 지난한 기도를 하는 주술사呪術師들이다.

찬바람이 분다. 다시, 나만의 고도를 기다리기 위해 옷깃을 여미고 경건하고 거룩한 마음으로 책상을 정리한다.

강남탈출기

돌아보니 고마운 일이다. 이런 걸 전화위복이라고 하나. 강남에 계속 살았더라면 나도 그들처럼 미친 굿판에 휘말렸을 것이다. 밤이고 낮이고 오늘은 몇 억 원이 올랐을까를 노름판의 노름꾼처럼 벌게진 눈으로 뉴스를 보았을 것이다.

부동산정책이 바뀔 때마다 서울 집값은 널뛰기를 했다. 그럴 때마다 서울시민은 몽땅 투기판의 야바위꾼으로 변했다. 눈만 뜨면 뉴스에서 흘러나오는 십억, 이십억이라는 아파트 시세에 눈이 뒤집힌 것이다.

청와대 대변인을 하던 K씨는 일 년 만에 11억 원을 벌었다. 차액을 기부한다는데 위정자들이 불리해지면 기부한다고 카메라 앞에서 말한다. 그러나 정작 기부한 증서를 카메라 앞에 보여준 자를 내 평생 본 적이 없다. 말만 기부한다고 해놓고 안 해도 누가 알겠는가.

— 너도 돈 있어 봐라, 안 그렇지.

누군가는 내게 이렇게 말할지도 모르겠다. 그래, 없으니까 이런 말 할 수 있어 너무 좋다. 나도 여태 강남에 살고 있었으면 이런 말을 못했을 것 아닌가.

강남 세브란스병원과 매봉터널을 사이에 두고 있는 아파트에 20여 년을 살았다. 말하자면 길 건너편이 강남 세브란스병원 영안실이었다. 매봉터널 뚫는 공사는 천천히 진행되었다. 그 앞의 공터는 아들이 롤러블레이드를 타고 노는 놀이터였다. 매봉터널(1992)이 뚫린 후 도곡동 타워팰리스(2002)를 분양하기 시작했을 것이다.

그 아파트에서 가장 많은 소설을 썼다. 네 권의 장편소설과 한 권의 소설집을 묶었다. 하얀 밤 홀로 깨어 문장을 만지고 있노라면 어디선가 긴 여인의 통곡소리가 들린다. 저 울음소리는 젊은 남편이 불의의 사고로 운명을 달리했을 때만 내지를 수 있는 단말마다.

창밖은 메타세콰이아 나무가 도열해 있다. 겨울의 메타세콰이아는 살이 다 발린 채, 앙상한 가시만 남은 거대한 생선이 땅에 머리를 박고, 화석이 된 것 같은 착각을 불러일으킨다. 가끔 창밖을 보며 오랜 옛날 옛적엔 이곳이 깊은 바다 속이 아니었을까, 하고 생각하곤 했다.

그 시절만 해도 부동산정책이 이처럼 미친 것 같지는 않았다. 오르다내리다 했다. 내 아파트가 오르면 남의 아파트도 오르고, 내 아파트가 내리면 남의 아파트도 내리려니, 하고 살았다. 그러나 한생을 살다보면 둥지를 이러저러한 이유로 옮기게 된다. 그 강남 세브란스병원 앞 아파트의 반값으로 성남으로 이사를 했고, 그곳에서 14년을 살았다.

어느 순간 또 이사를 해야 할 때가 온다. 내 생의 마지막 이사는 이 지구를 떠나 우주의 어느 별, 내가 왔던 곳으로 돌아가는 일이 될 것이다.

성남보다 싼 경기도 광주시로 왔다. 내 오피스텔이 있는 가락동까지는 여전히 차로 30분이면 된다. 서울과 위성도시를 잇는 간선도로가 이렇게 잘 연결돼 있는 줄 미처 몰랐다. 버스도 많다.

경기도 광주시 오포읍 매산리. 지번이다. 매산리梅山里. 조선조 초기에 어느 지관이 이곳을 지나다가 이 땅이 '매화낙지형梅花落地形'이라 하였다. 매화꽃이 떨어진 자리, 라는 뜻이다. 아, 나는 이곳에서 뼈를 묻으리라는 예감이 들었다. '매화꽃이 떨어진 자리', 라니. 마치 나를 위한 지번 같았다(인간은 누구나 나르시스트다). 꽃이 떨어진 자리니, 얼마나 고요하고 아늑한 터인가. 실지로 그렇다. 공기부터 달랐다.

연식이 좀 있는 아파트지만 씻은 듯이 깨끗하고 고요하다. 마주치는 사람들의 얼굴은 따뜻했고 온화한 미소로 살짝 눈인사를 했다. 벤치에 앉아 있는 할머니들은 평화롭다. 집을 보러 왔을 때 아파트 앞의 후박나무 잎이 툭툭 지고 있었다. 아파트 뒤는 메타세콰이아 나무와 대추나무와 살구나무와 감나무가 있는 정원이다.

저번에 살던 아파트만 해도 내가 집을 팔았다고 하니, 위층의 여자가 보리쌀 소쿠리 쥐 눈처럼 반짝이며, 얼마에 계약했어요?, 하고 물었다.

— 그런 건 묻는 게 아닙니다.

내가 답했다.

— 시세가 궁금해서 그렇지요.

여자가 시퉁하게 대꾸했다.

참나, 시세가 왜 궁금한지 모르겠다. 이사할 것도 아니면서. 이 모든 것이 눈만 뜨면 미친 듯이 널뛰는 아파트값 때문이다. 아파트값이 미친 듯이 널뛰는 이유는 정책을 만드는 자들이 자본주의 시장경제인 수요와 공급의 원칙을 무시하는 데 있다고 본다. 공급이 많이 된다는 믿음만 있으면 집값은 내려가게 돼 있다.

한마디로 수요와 공급의 밸런스가 맞지 않는 것이다. 직장과 주거의 근접성 때문에 강남의 집값이 비싼 거는 당연하다. 그러나 현재는 수요만 있고 공급은 정치논리로 막고 있으니 집값이 자고나면 오르는 것이다. 대책이라고는 규제와 세금만 때리고 있다. 정치하는 자들은 국민에게 관심 없다. 오로지 자신들의 정권政權에만 촉각이 곤두서 있다.

위정자들에게도 푸른 청운의 꿈을 꾸며 천하를 이롭게 할 뜻을 세우던 시절이 있었을 것이다. 그러나 그들은 뜻을 잊어버렸다. 왜 정치가가 되려했는지, 왜 정치를 하려했는지. 뜻을 잊어버렸는데 어찌 길을 찾겠는가. 다만 자신들의 보신保身을 위해 이리 뛰고 저리 뛰는 얼룩말 무리 같다.

수요를 억제하는 정책을 발표(2019. 12. 16)했다. 15억 이상 아파트는 대출이 안 되고, 9억에서 15억 사이 아파트는 담보대출을 기존 40%에서 20%로 낮추었다. 현금부자들만 집을 사라는 것이다. 이젠 또(2020. 6. 17) 투기지역에서 전세대출을 받아 3억 넘는 아파트를 사면 즉시 대출을 회수한단다. 실수요자는 안중에도 없고 젊은 부부들은 어쩌란 말인가. 이런 나라에서 누가 결혼을 할 것이며, 누가 아이를 낳겠는가. 마치 아마추어 위정자들이 국민을 실험삼아 이런 정책, 저런 정책을 해보는 것 같다. 지금까지 스물네 번이나 부동산정책을 내놓았다. 공인중개사나 회계사도 특례에, 예외에, 유예조치에 뭐가 뭔지를 모른다(2020. 9. 1).

— Let desire down. 욕망을 내려놓다, 라는 말입니다. 언제부턴가 이 말이 머릿속에서 되풀이됩니다.

외국에서 오래 살다 들어온 후배의 말이다. 외국 시민권자인 그는 한국에서 사업을 하다가 부도가 나자, 지금은 와이프와 귀농을 도와주는 시골에서 산다.

— 이렇게 편안할 수가 없어요.

나도 그 마음 안다. 나는 강남을 떠나면서 욕망을 내려놓았다고 할 수 있다. 강남 세브란스병원 앞 아파트를 팔고 얼마 지나지 않아 그 아파트는 재개발을 했고, 수십억을 하는 아파트로 변신했다. 그걸 아는 순간 아이러니하게도 평온함이 잔잔한 물처럼 가슴에 차올랐다. 강남의 그 아파트를 놓을 때까지의 고심을 두 번 다시 겪고 싶지 않았다.

도곡동 주공아파트와 근처 대치동의 은마아파트는 30년 전부터 재개발을 한다고 했다. 다행히 도곡 주공아파트는 재개발이 되었지만, 은마아파트와 잠실 주공 5단지는 아직도 언제 재개발이 될지 알 수 없다.

대학원 때 지도교수가 은마아파트에 살았는데, 퇴임 후 전원주택으로 가서 살고 싶어했다. 그러나 사모님의 극렬반대로 얼마 전 돌아가실 때까지 40여 년간 그 좁고 노후된 아파트에 사셨다. 재개발 호재로 수십억을 하면 무엇하는가. 금밥을 먹을 것도 아니고, 접어서 관에 넣어갈 것도 아니면서. 자식에게 물려준다고? 노력 없이 받은 재물은 대부분 허공으로 흩어지는 게 삶이다. 물려받은 재물은 삼대를 가지 못한다. 대개 이대에서 끝난다. 만약 대대손손 잘산다면, 윗대 조상들이 적선을 많이 해서 복을 많이 저금해둔 집안일 것이라 생각한다.

눈만 뜨면 천정부지로 오르는 아파트값에 초연할 수 있어, 비바, 뷰티플 라이프viva beautiful life다. 한 발 잘못 내디뎌 잠시 전세나 월세로 살려던 사람들은 지옥으로 떨어졌다. 그럴 경우 방법은 두 가지다. 첫 번째는 빨리 나처럼 Let desire down, 해야 한다. 그렇지 않고 날아간 파랑새를 생각하며 뒤쫓다보면 평생, 죽을 때까지 돈돈 하다 가는 수가 있다. 두 번째는 투표를 잘해서 부동산정책을 잘할 수 있는 정당을 뽑으면 된다. 그 나물에 그 밥이지만 손톱만큼이라도 나을 것 같은 쪽에 표를 주면 된다. 내게 어느 편이냐고 묻지 마라. 나는 자유와 평등의 편이고, 대한민국의 편이고, 상식의 편이다.

정치인은 국민을 지킬 책임이 있고, 군인은 국토를 지킬 책임이 있고, 예술가는 그들과 국민의 영혼을 지킬 책임이 있다. 하여 나는 글을 쓴다. 강남을 탈출할 수 있었으니, 저 미친 굿판에서 빠져나올 수 있었으니, 나는 사람들의 영혼을 지킬 수 있는 글을 쓸 수 있게 된 것이다. 이게 전화위복이 아니고 무엇이겠는가.

책은 계륵이다

박웅현(1961~)은 『책은 도끼다』(2011년)라는 책을 냈다. 박웅현은 광고인이자 이 시대의 인문학자이다. 인문학이란 자연과학이 자연현상을 다루는 데 반하여 '인간의 가치탐구와 표현활동'을 대상으로 한다. 그런 의미에서 그는 인문학자다. 그 책은 그만의 독법讀法으로 읽은 책을 소개한 강의록이다. 책은 도끼다, 라는 말은 물론 그의 문장은 아니다.

"우리가 읽는 책이 머리를 주먹으로 한 대 쳐서 우리를 잠에서 깨우지 않는다면, 우리가 왜 그 책을 읽는단 말인가. 책이란 우리 안의 꽁꽁 얼어버린 바다를 깨뜨리는 도끼가 아니면 안 된다."

카프카가 1904년 「변신」, 저자의 말에 쓴 문장이다.

'책은 계륵이다.' 나는 이렇게 말하고 싶다. 계륵鷄肋이란 '닭의 갈비'로 먹을 거는 없고 버리기는 아깝다는 뜻이다. 계륵이란 말은 『삼국지』에서 유래되었다. 조조가 유비와 한중을 놓고 다투는 중 진격하자니 불리하고, 퇴각하자니 천하통일을 위해선 아까운, 난감한 상황을 계륵이라는 암호에 심정을 담았다. 말하자면 한중은 조조에게 '계륵' 같은 존재였다.

또 이사를 하게 되었다. 시집갈 때부터 치면 이번이 딱 12번째 둥지를 옮긴다. 10개월 살고 옮긴 적도 있다. 이 집에서는 14년쯤 살았으니 꽤 오래 산 편이다. 서민들은 한평생 살며 이런저런 이유로 대충 12번쯤 이사를 하며 살 것 같다. 야심한 밤, SNS를 하던 시간에 이사 준비를 하기 시작했다. 이사 준비라는 게 별 거 없다. 버리는 게 시작이다.

눈에 보이는 대로 책상 위의 작은 스피커부터 버렸다. 노트북 컴퓨터에 연결해 한동안 새벽 6시에 인터넷으로 영어공부를 할 때 사용한 스피커다. 영어 말이 나왔으니 하는 말인데, 세상은 영어를 하는 사람과 영어를 못하는 사람으로 나뉜다. 나는 영어를 못하는 사람 편에 서야 한다. 그래도 대학원까지 공부를 했으니, 말보다는 독해가 낫다. 생활영어 정도는 문장을 보면 대충 안다. 그러나 말은 꿀 먹은 벙어리 수준이다. 외국인만 보면 무섭다. 괜히 내게 길을 물으면 어떡하지, 하고.

중학교 때는 제법 영어공부를 잘해 만점을 받아 일어서서 박수를 받은 적도 있다. 그러나 깊은 사춘기를 만나 책을 보기 시작하면서 영어고, 공부고 다 놓쳐버렸다. 그렇다고 대단해지지도 않았다. 그저 남들보다 정신생활이 조금 풍부해진 정도랄까.

먹은 문자가 많으니, 쓸데없이 배설하게 되어, 긴 글 읽기 싫어하는 사람들을 괴롭히는 수준이랄까. 아무튼 영어공부를 하던 스피커를 버리고 물티슈로 그 스피커가 앉아 있던 자리 주변의 먼지를 닦았다. 책상이 한결 깨끗해졌다.

다음은 화장대다. 이것도 버리고, 저것도 버리고. 주로 내게 맞지 않는, 선물받은 화장품들이다. 선물로 받았으니 금세 버리지도 못하고 한참을 가지고 있다 보니, 남에게 주는 시기도 놓친 것들이다. 선물을 줄 때는 주의해야 한다. 선물이 곧바로 쓰레기로 변신할 수도 있기 때문이다. 그 동안 그 자리를 지키며 선물을 준 이를 기억하게 한 것만으로 그 역할을 다했다고 생각하면 된다.

커다란 재활용 플라스틱 바구니에 버리기 시작하자 금세 그득해졌다. 다음 날 밤은 장롱 한 칸씩을 정리하며 버렸다. 버리기 시작하니 묘한 쾌감이 일었다. 묵은 때를 벗겨내듯 개운했다. 아, 진즉에 버릴 걸. 둘러보니 모두 버리고 갈 것들밖에 없다. 죽을 때 말이다. 그림도 얼마나 많은지. 세계여행을 돌아다니며 사온 아프리카 조각이

나 기념품도 다 버릴 것들이다. 더 이상 그림이나 기념품은 한 점도 더 추가하고 싶지 않다. 그것이 피카소의 그림이나 조각일지라도.

세상에, 난 그 동안 책만 보고 글만 쓰고 산 줄 알았더니, 온통 쓰레기들만 사다 모은 것이다. 신발은 왜 이렇게 많은가. 옷은 또한 말해 무엇하리. 죽을 때까지 입고 신어도 남을 것 같다. 더 이상 옷과 신발을 사는 행위는 죄를 짓는 일일 것이다.

부엌 찬장의 그릇들은 또 어떻고. 요리하는 걸 좋아하다보니 그릇 욕심도 많았다. 요리는 번뇌를 잊게 한다. 요리를 할 때는 잡생각이 없다. 나를 위해서도 하지만, 누군가를 위해 음식을 만드는 일은 즐겁다. 음식의 완성은 그릇에 있다. 어떤 그릇에 담느냐에 따라 음식의 품격이 달라진다. 특히 하얀 백자기 그릇을 좋아했다.

이십여 년 전, 엷은 하늘색으로 매화 꽃잎을 몇 점 그려 넣은 커다란 백자기 접시를 본 후 잠을 설치기도 했다. 너무 비싸서 살 수가 없었다. 세 번째쯤 인사동을 갔을 때 그 주인이 한 개 값으로 두 개를 줄 테니 가져가라고 했다. 난 너무나 기뻤다. 그 접시도 이젠 무거워 거의 사용하지 않는다. 그러나 버리지는 못하겠다. 이렇다니까.

아무리 계산을 해봐도 30년은 더 살 거 같다. 부모님에 비춰봐서 말이다. 아아, 나머지 삶은 심플하게 살고 싶다. 법문法門 가슴에 품고, 가사장삼 하나에 발우 하나로 살 수만 있다면 얼마나 좋을까.

마지막으로 눈에 들어온 게 책이다. 오피스텔에도 몇 천 권은 될 책이 있지만, 집에도 책이 많다. 오피스텔에서 불어나는 책을 집으로 옮기다 보니, 어느 새 집에 또 책이 수백 권 쌓였다. 할 수만 있다면 다 버리고 싶다.

한때는 뜨거운 가슴으로 밤새워 보던 책들을 두 번 다시 꺼내보지 않는다는 걸 알았다. 필요한 자료는 인터넷에서 찾게 된다. 철지난 잡지도 잘 버리지 못한다. 열악한 여건 속에서 저 잡지를 만드는 편집인들의 피땀을 생각하면 버릴 수가 없다. 신문의 생명은 하루고, 월간지의 생명은 한 달이고, 계간지의 생명은 삼 개월인 줄 안다. 그렇다면 시간의 검증을 거친 명작들이 아닌 현재 살아 있는 작가들의 장편소설과 작품집의 생명은?

잡지들을 골라 버리기 시작했다. 그 다음은 나와 일면식은 없지만 한국작가회의나 문인협회의 주소 수첩을 보고 보내온 책들을 버린다. 사인을 한 첫 장은 찢은 후 버린다. 내 책도 이렇게 버려질 것이다. 그러니 일면식이 없는 사람에게는 책을 보내지 말아야 한다, 라고 중얼거리며 버린다.

내가 선택해서 산 책들은 버리지 못한다. 나와 친분이 있는 사람 책은 못 버린다. 문단생활 30여 년 동안, 창작이랍시고 출간한 열 권 가까이 되는 책들이 모두 쓰레기들 일 수 있다는 생각을 하니 울적해진다.

장편소설『25시』를 쓴 게오르규는, 작가는 '잠수함의 토끼' 같은 존재라고 했다. 기계장치가 발달되기 전, 잠수함에 토끼를 승선시켰다고 한다. 잠수함 속 공기를 가늠하기 위해서였다. 토끼가 견디지 못하면, 사람들은 다 죽게 된다는 신호다.

며칠 사이를 두고 어느 젊은 시나리오 작가와 퍼포먼스 예술가 부부가 스스로 세상을 떠났다. 가장 가난한 예술가가 견디지 못하면 보통 사람들은 더욱 살아남기 어려운 사회다. 별안간 가슴이 답답해져 온다.

책을 생산하는 작가는 세상의 산소를 측정하는 존재들이다. 고로 책은 산소다, 라고 스스로 위로하며 심호흡을 한다. 계륵이 없으면 닭은 존재할 수 없고, 책이 없으면 인간 또한 존재할 수 없다.

과감하게 버린다고 버렸는데도 책은 여전히 많다. 더 버릴까 둘러본다. 버리자니 아깝고 갖고 있자니 두 번 다시 펼쳐볼 것 같지 않은 책들이다. 책은 계륵이다. 대략난감한 이런 상황을 조조는 어찌 계륵에 비유했을까. 책은 계륵이고, 조조는 조조다. 당신의 계륵은?

노자에게 가는 길

아무리 찾아도 없다. 이럴 때마다 머리가 텅 빈 듯하다. 오피스텔에도 없고 집에도 없다. 누가 들으면 거대한 서고書庫라도 보유한 줄 알겠다. 찾고 있는 책은 서강대 최진석 교수의 『생각하는 힘, 노자 인문학』이다. 몇 년 전 EBS 〈인문학 특강〉에서 강연한 강의를 책으로 엮은 것이다.

— 공자가 말한 학습하는 삶, 따라하는 삶, 모방하는 삶을 살지 말고, 너 자신에게로 돌아가 삶의 주인으로서 창조하고, 실천하는 삶을 사는 게 진정한 행복과 자유를 향유하는 선진국형의 삶이다. 다수의 무리 속에서 안락을 누리려는 사회는 영원히 일류가 될 수 없다. 집단에 종속되지 말고, 집단을 이겨내고, 자기 자신으로 돌아가, 자기

의 주체성을 표현하는, 개별적인 삶을 살 때만이 '생각하는 힘', 통찰이 생긴다.

몸과 말과 표정에서 에너지가 발광체처럼 뿜어져 나오던 최진석 교수의 강의는 국보급이었다. 인문학 류의 책은 주로 읽을 때만 무릎을 치며 공감하고는 책을 놓는 순간 바로 잊어버리고 타성에 젖은 채로 산다. 노자의『도덕경』을 다시 찾아보고 싶어진 건 순전히 코로나19 바이러스 때문이다.

사람간 거리두기와 자가격리가 몇 달간 지속되자 상담 예약이 없는 날은 아예 출근을 하지 않고 집에서 책을 보거나 영화를 보다가, 애견과 길 건너 경안천으로 산책을 다녀오는 생활이 일상이 되었다.

그 사이 국회의원 선거(2020. 4. 15)까지 있었다. 그 아사리판에 마음이 휘둘리지 않으려고 멀뚱멀뚱 뉴스를 보는데도 머릿속은 헝클어질 대로 헝클어졌다. 이렇게 머릿속이 속세의 일로 복잡하면 글을 한 줄도 쓸 수가 없다. 빨리 머릿속을 헹구어내야 한다. 경안천을 다녀와야 한다.

경안천은 용인시에서 발원하여 광주시 오포읍 매산리 앞을 지나 한강 본류로 합류하는 하천이다. 말하자면 북쪽으로 흐른다. 매산리로 이사온 지 6개월쯤 된다. 지난 번 아파트는 1,500세대였고, 지금 아파트는 650세대다. 주민이 딱 반쯤 된다. 그래서 그런지 아파트 관리가 아주 잘 되어 있다. 봄이 되자 아파트는 꽃대궐로 바뀌었다.

봄눈 속에서 매화가 앙칼진 꽃망울을 터트리자, 목련이 마치 자신이 봄꽃의 선구자인 양 새침한 자태로 먼저 횃불을 높이 쳐들었다. 이어 벚꽃이 큰 함성을 내지르며 달려왔다. 그러다 백척간두에서 꽃을 피운 자신을 탐하는 바람의 허리를 안고 가열苛烈하게 낙하했다. 한동안 꽃비가 내리고 바닥에는 꽃비가 눈처럼 쌓였다. 라일락이 뒤늦게 천지를 진동시키는 향내나는 나팔을 불며 나타났다.

그 사이사이 엉겅퀴가 내 키만큼 자라 있고, 돌틈 사이사이 민들레가 노랑 색종이를 뿌려둔 듯 반짝인다. 갈색으로 말라 있던 잔디밭은 눈가는 곳마다 짙은 분홍색 융단을 깔아둔 듯 꽃잔디가 모두 접수했다. 코로나19 바이러스는 무릇 인간에게만 해당되었다.

자연은 인간이 없어도 생명력을 가지고 스스로 생성과 소멸을 반복하고 있었다. 5월 5일. 아파트 뜰에는 모란과 철쭉의 르네상스 시대였다. 흰 철쭉 사이에 핀 붉은 모란의 농염함에 속이 울렁거렸다.

오월 어느 날, 그 하루 무덥던 날,
떨어져 누운 꽃잎마저 시들어버리고는
천지에 모란은 자취도 없어지고,
뻗쳐오르던 내 보람 서운케 무너졌느니,
모란이 지고 말면 그뿐, 내 한해는 다가고 말아

한때는 김영랑의 시 「모란이 피기까지는」을 줄줄 외우고 다녔는데, 이제는 중간 부분만 기억이 난다. 찬란한 슬픔의 봄을 기다리는 시다. 나는 아직 기다리고 있을 테요, 찬란한 슬픔의 봄을. 마지막 문장이 생각났다. '찬란한 슬픔의 봄'이라는 단어에 꽂혀 얼마나 가슴앓이를 했는지. '찬란한 슬픔'은 봄꽃만의 특권이다.

아파트 앞 토끼굴을 지나면 놀라운 풍경이 펼쳐진다. 물 냄새가 나면서 강바람이 양 볼의 솜털을 어루만지고 지나간다. 하천 주위로 건물들이 없다. 확 트인 공간이다. 심호흡을 한다. 철새들이 무리지어 날아가고 오리가 쌍으로 노닌다. 하천의 물은 제법 풍성하다. 내 장딴지만한 잉어가 수면 위로 반쯤 모습을 드러내며 몸을 뒤치는 걸 가끔 보기도 한다. 다리 밑 수심이 얕은 곳에는 잿빛 왜가리가 하얀 새끼 왜가리에게 고기 잡는 법을 가르치고 있다.

철새는 날벌레를 잡아먹고, 한가로워 보이는 오리 또한 물고기를 잡아먹는다. 큰 물고기는 작은 물고기를, 작은 물고기는 더 작은 물고기를, 더 더 작은 물고기는 플랑크톤을 먹고 살 것이다. 길고양이도 새끼를 치고 살고, 풀숲에는 뱀도 산다. 모든 동식물이 자연에 순응하고, 음양이 조화를 이루며 사는 모습이 한눈에 들어온다.

사람이 태어나고 죽고, 부귀를 누리거나 빈천하게 살거나, 모두 인연에 따른 자연의 이치이거늘, 늘 평상심을 잃어버리고 불안해한다.

불안은 과욕에서 온다. 현재를 살지 못하고 과거를 생각하며 분해하고, 미래를 생각하며 불안해한다.

인연과보因緣果報. 선을 쌓으면 복을 얻고, 악을 쌓으면 화를 입는다. 원인과 결과의 이치가 순환될 뿐이다. 정해진 법칙은 없다. 머리로 아는 걸 행行할 수만 있다면 모두가 부처가 될 것이다.

한 시간쯤 천변을 따라 흐르는 물을 보고 오면 마음이 맑고 고요해진다. 상선약수上善若水. 최고의 선은 물과 같다. 물은 만물을 이롭게 하고 다투지 않으니, 아무도 그와 다투지 못한다. 노자의 『도덕경』에 나오는 말이다.

"물은 도에 가깝다. 도는 없는 곳이 없고, 물은 이롭지 않은 곳이 없다. 모두가 원치 않는 곳에 머무른다. 물은 겸손의 덕이 있다."

별안간 잊고 있던 노자를 찾아봐야겠다는 생각이 불처럼 일었다. 몇 년 전 교육방송에서 최진석 교수의 노자사상을 들을 때 가슴에서 앎의 기쁨이 샘물처럼 솟아나던 기억도 새로웠다. 한동안 노자와 놀았었다.

그날부터 생각날 때마다 책을 찾았지만 없었다. 필시 누군가 잠깐 빌려달라고 했을 것이다. 나는 도서관 말고 내게서 책을 빌려달라고 하는 사람을 싫어한다. 빌려준 책을 한번도 돌려받은 적이 없기 때문이다. 돌려받지 못한 책 중에 아직도 생각하면 가슴이 시릿한 것은 J. G. 프레이즈의 『황금가지』와 『체 게바라 평전』이다. '누가' 빌려가서 돌려주지 않는지 기억나는 게 더 싫다. 아예 '누가' 빌려갔는지 기억나지 않으면 잠시 투덜거리다 말 텐데 말이다.

이제는 누군가 책을 빌려달라고 하면, 줄 만한 책이면 아예 주든지 아니면 '책은 사서 보는 거'라고 거절한다.

찾던 책은 못 찾고 오래된 다이어리에서 노자의 말씀을 옮겨 적어둔 걸 발견했다.

"사람은 천지간에 태어나 천지와 하나이다. 천지는 자연의 만물이요, 인생 또한 자연만물이다. 사람은 자연에서 태어나 자연으로 돌아간다, 자연에 맡기면 본성에 흔들림이 없지만, 자연에 맡기지 않으면 종일 분주하니, 본성이 속박당한다. 의식주를 구하는 건 인간의 본성이지 욕심이 아니다. 그러나 마음속에 부와 명성을 탐하면 마음이 초조해지고 번뇌가 늘어난다. 이윽고 죽음이라는 재앙까지 불러들인다. 도의 이치는 매우 간단하다. 욕심을 버리고 본성으로 돌아가는 거다. 천하의 화는 욕심에서 비롯된다."

"천지만물과 모든 생명은 반복해서 태어나고 자라는데, 모두가 음양의 이치를 따르는 것이다. 사람은 생로병사와 희로애락과 이별과 만남을 겪는다. 이는 인간세상 온갖 고통의 근원이다. 희비에 연연하지 말고 정신을 집중하면, 반드시 해결책이 있고 세상의 변화에 대처할 수 있다."

“마음이 맑고 정신이 밝아지면, 속세 밖으로 초월할 수도 있고, 속세 안으로 융합할 수도 있다.”

오늘은 2020년 5월 12일이다. 잠시 주춤하던 코로나19 바이러스 확진자가 94명이나 추가되었다. 모두 이태원 클럽 방문자들이다. 뉴스를 볼 때마다 세상 걱정으로 마음이 혼탁해진다. 세상 걱정도 욕심인가.

예수가 있기 전에 부처가 있었고, 부처가 있기 전에 공자가 있었고, 공자가 있기 전에 노자가 있었다. 저 위대한 성현들의 공통점은 하나같이 인류의 멸종을 막기 위한, 선善함을 행하라는 말씀들로 가득 차 있다. 코로나19 바이러스는 인류의 멸종을 알리는 징후 같아 두려운 눈으로 뉴스를 본다. 신神이 노자와 공자와 부처와 예수를 보내줘도 듣지 아니하니, 코로나19 바이러스를 보내 ‘인류 멸종의 위기’를 경고하는 것일까. 또 다른 노아의 방주가 필요한가.

‘책은 물론 읽어야 하지만 다 읽을 필요는 없다. 아무리 학식이 높다한들 천지만물을 모두 이해하기는 어렵다.’

모든 책을 다 읽을 필요는 없다. 그것도 욕심이다. 욕심은 화를 부른다. 책 찾는 것을 중단하고 ‘노자’에게로 향한다. 경안천 가는 길이 내게는 ‘노자에게 가는 길’이다.

붓다의 길

붓다buddha, '깨달은 자'라는 뜻이다. 모든 번뇌를 소멸한 사람이다. 붓다는 사람들에게 계급의 차별 없이 누구나 깨달음을 얻어 괴로움에서 벗어날 수 있다고 했다. 욕망 때문에 생기는 삶의 고통과 괴로움을 이겨내기 위해 수행을 멈추지 말아야 한다고 가르쳤다.

가톨릭 집안이라 종교의 선택권이 내겐 없었다. 태어나자마자 세례를 받았고 고등학교도 가톨릭재단 여고를 다녔다. 대학에 들어가서는 가톨릭학생회에서 서클활동을 했고, 결혼식은 성당에서 했다. 시부모님은 우리 부모님보다 더 성당 귀신이었다. 모든 삶이 성당을 축으로 돌아갔다.

그러나 언젠가부터 나는 마음의 평화를 얻기 위해 책을 뒤지기 시작했고, 그 귀착지는 언제나 불교서적이었다. 불교 교리책은 아니었다. 그저 이것저것 스님들이 쓴 책들을 읽다보면 마음의 평정심을 조금 되찾고는 했다. 그러면서 내가 워커홀릭workholic이라는 걸 깨닫게 되었다. 뭐, 특출나게 대단한 일을 하는 것은 아니다. 그저 책상 앞을 떠나지 못한다는 것이다. 한마디로 사람들과 어울려 놀 줄을 몰랐다. 사람들과 어울려 수다를 떨고 있을 때면 문득 불안하고 초조해하는 나를 발견하곤 했다.

내가 지금 여기서 뭐하고 있지?, 하는 생각이 들기 시작하면 빨리 내 책상 앞으로 돌아가고 싶어진다. 해외여행도 2박 3일이 딱 좋다. 3박 4일까지는 그런 대로 견디는데 그 이상 넘어가면 불안해지기 시작한다. 모든 풍경이 시들하게 느껴진다. 이게 병이란 걸 아는 데 시간이 좀 걸리긴 했다. 아니 정확하게 말하면 이걸 극복하려고 노력하는 데 시간이 걸렸다고 말할 수 있다. 지금도 완전히 극복한 게 아니라 그런 상황을 되도록 만들지 않는 게 최선이란 걸 안다.

그런 상황을 만들지 않는 유일한 방법은 독립불구獨立不懼, 혼자 있어도 두렵지 않으면 된다. 물론 몇 명의 베스트 프렌드와 가족과 나와 상담하기를 원하는 많은 사람들을 만나고 동창회도 나간다. 그러나 어느 순간 '속세를 떠났다'라는 생각이 들었다. 이런 마음을 먹게 되는 데는 반드시 스승이 있는 법이다.

이런저런 인연으로 친구라고 생각한 여인들의 배신이었다. 그들은 배신이 아니라고 할지 모르지만 내가 엄청난 상처를 받았다면 배신이다. 배신이란 단어가 엄연히 존재하지 않는가. 배신이란 믿음과 의리를 저버림을 말한다.

인간은 자신들과 조금만 달라도 무리에서 배척하려는 못된 습성이 있는 듯하다. 잠시 방심하여 무리 속에 발을 담가보려던 나는 화들짝 놀라, 다시 '담' 위로 올라섰다. 담 위의 고양이가 왜 기품이 있는지 이젠 안다. 그들이 스승이다. 나로 하여금 속세를 떠나는 데 아무런 미련도 가지지 않게 한 스승 말이다. 어쩜 그들과는 다른 언어를 썼는지도 모른다.

이렇게 마음먹은 지 3년째 접어들고 있다. 고요한 마음이 좋다. 매일매일 평정심을 유지하니 얼마나 몸과 마음이 청정한지 모른다. 그동안 매일 성당에 가서 초 하나를 봉헌하고 기도를 한 후, 차에 시동을 걸면서 스님의 법문을 들었다. 하느님에게는 자비를 구하는 기도를 하고, 부처님 법문을 들으면서는 모든 게 무지와 욕심에서 비롯되는 걸 알아차리고, 마음을 비우고, 참회하며, 범사에 감사하는 마음을 시나브로 가지게 되었다. 말하자면 나는 가톨릭계 부디스트 Buddhist가 되었다.

이런 마음이 생기니 사람들에게 상담도 더 잘해줄 수가 있고, 배신이라 여겼던 여인들에 대한 서운함은 우정과 질투를 혼돈하는 이들에게 '고품격 우정'을 원했던 내 탓임을 알게 되었다. '모든 게 내 탓이라는 것', 이 평범한 진리를 가톨릭계 부디스트는 기쁜 마음으로 깨달았다.

세속에 사는 범부중생들이 궁금해하는 건 딱 네 가지다. 돈과 사랑과 건강과 자식이다. 부처님은 '일체유심조一切唯心造'라 했다. 모든 일은 마음먹기에 달렸다고. 그 이치를 알고 실천할 수만 있다면 누군들 부처가 되지 않겠는가. 머리로 백만 번 알아도 3초마다 번뇌가 일어나는 게 범부중생 아니든가.

사주팔자四柱八字. 생년월일시, 네 기둥을 하늘땅으로 나누면 여덟 글자가 된다. 네 기둥의 여덟 글자. 이를 사주팔자라 한다. 역학易學은 주역의 괘를 해석하여 음양변화의 원리와 이치를 연구하는 학문이며, 상형문자인 한문漢文의 역사와 같이 한다. 5.500년 동안 계속 움직이고 있는 학문이며, 빅데이터이며 통계학이다. 그러니 100% 맞을 확률은 없다. 승률 80%는 된다. 네 기둥 여덟 글자로 만들 수 있는 사주는 514.800개다. 세속적으로 부귀영화를 누릴 수 있는 사주는 2%가 채 되지 않는다.

얼마나 궁금하겠는가. 자신이 그 2% 안에 속하는지. 하느님과 부처님을 아무리 믿어도 이 궁금함을 억누르기 힘드니, 인간으로 산다는 게 얼마나 눈물겨운가.

하느님과 부처님과 공자님이 아무리 목청 높여 말씀을 하셔도 범부중생은 내일이 궁금하다. 모두 다 깨달아버린다면 얼마나 좋겠냐마는 그러면 나 같은 사람은 어떻게 먹고 사나? 그러니 세상의 모든 일은 다 하느님이 허락한 일이라 생각한다.

이제 그만 각설하고, 이렇게 늙은 잉어처럼 여여如如하게 살고 있는 요즈음, 오랜 고객이기도 한 어느 여인이 늙은 잉어의 수염을 건드리는 일이 있었다. 얘기하자면 긴데 최대한 짧게 정리하겠다.

십여 년 전, 삼십 세 초반에 얼굴을 한두 번 본 여자다. 이제 사십 세 중반쯤 되었다. 그 사이 결혼도 하고 아들도 둘 낳고, 홍콩에서 산다. 일 년에 딱 한번 상담료를 내고 신수를 보고는 일 년 열두 달 전화를 해서 한두 시간씩 나를 괴롭혔다. 처음엔 외국에서 얼마나 외롭겠나 싶어, 온갖 시시콜콜한 고민까지 다 받아주고 위로해주었다.

그러나 십여 년 동안, 전화를 할 때마다 내가 기분이 상하는 걸 계속 참아야 했다. 바쁘니까 한 시간 후에 전화를 하겠다고 하면 그 시간에 전화를 받아야 하지 않는가. 나를 자기 시간에 맞추려 들었다. 그런 경우가 한두 번이 아니다. 돈 있는 티는 또 얼마나 내는지. 한번은 뭘 쩝쩝 먹으며 전화를 받기도 했다. 가끔 그녀의 전화를 받지 않기도 했다. 그러면 간격을 두고 계속 전화가 왔다.

나를 애타게 찾는 고객을 외면하기가 쉽지 않다. 몸값에 따라 고액의 상담료를 받기도 하고, 무료 상담을 하기도 한다. 하여, 봉사하는 마음으로 또 전화를 받고는 했다. 그럴 때면 늘 누군가에게 나를 소개했다거나, 자기가 하는 공방 이름을 지어야 된다는 미끼를 은근히 던졌다. 그러면 나는 그 영악함을 모르는 척 열심히 상담을 해준다. 결국 나중에는 좀 생각해보고 작명을 하겠다고 한다. 그러면 나는 그래요, 그렇게 하세요, 하고 끊는다. 십여 년을 이 어린 여자에게 농락당한 느낌이 들기도 했다.

이번에도 상담으로 바쁜 시간에 전화를 했다.

— 선생님, 베트남에 공방 하나를 더 차리려고 하는데요.

— 지금 상담 중인데요. 이따가.

— 공방 이름도 지을까 해서요.

— 3시에 전화할게요.

오전 11시부터 두 가족 8명을 상담하느라, 점심도 못 먹은 상태였다. 정신을 차리고 보니 10분 전 3시였다. 얼른 시장기를 때우고는 홍콩에 전화를 했다. 그런데 이 여자는 시끄러운 마트에서 전화를 받았다. 3시에 전화를 한다고 하면 한국 시간으로 3시인 거지. 전화 받을 태도가 안 돼 있었다. 그녀는 미안하다며 조용한 곳으로 자리를 옮겼지만 한국 마트나 홍콩 마트나 마이크로 호객하는 건 똑같아, 여전히 어수선하고 시끄러웠다. 화가 나는 걸 참으며 얼른 요점을 말하라고 했다.

베트남에 공방을 하나 더 차리려고 하는데, 한국 도자기 작가들의 디자인을 살짝 바꿔서, 베트남은 인건비도 싸니까 그곳에서 구워서 팔려고 한다는 것이다. 드디어 임계점이 왔다. 나는 말을 끝까지 듣기도 전에 되물었다. 왜 작가들의 디자인을 살짝 바꾸려하느냐, 그건 도둑질이다. 나도 디자이너다. 왜 그딴짓을 하려하느냐고 말했다. 물론 불 같은 성질 절대 안 바뀌었다. 그 사이사이 마트의 호객소리가 화를 더 부추겼다. 올바른 생각인지 선생님에게 물어보려고 했다고? 그런 건 유치원에서 배우는 거다. 나중에 전화하자고 끊었다. 머리 깎은 지 2년 반 만에 파계했다. 여여하던 마음은 산산이 부서지고 말았다.

어지럽혀진 마음을 가라앉히는데 한나절이 걸렸다. 평소 무례한 사람을 싫어한다. 그 사소한 경계에서 속절없이 무너지다니. 수행이란 돈오돈수頓悟頓修가 아니라 돈오점수頓悟漸修임을 알아차린다. 돈오점수란 끝없는 실패의 연속이다.

아아, 붓다의 길은 멀고도 험하다.

복을 저금한 적 있나요

자는 시간 빼고 늘 뭔가를 하고 있다. 일평생 소파에 드러누워 연속극을 본 적이 없다. 책을 보거나, 글을 쓰거나, 영화를 보거나, 신문을 꼼꼼히 보거나, 집안일을 했다. 빨래하고, 청소하고, 설거지하고, 간명지에 사주를 풀고, 반려견과 산책을 한 후, 씻기고 닦이고 말려주었다.

집과 오피스텔을 오가며 시장 봐오고, 시장 봐온 것들로 음식을 만들었다. 겨울이면 늘 집에 수정과가 있다. 며칠 전에는 레몬즙과 계피가루를 넣은 사과잼을 만들었다. 책상에 앉아 책을 보거나, 글을 쓰거나 혹은 싱크대 앞에서 요리를 하는 게 가장 즐겁다. 누군가 배가 고프다고 하면 마음이 아파 견딜 수가 없다. 얼른 음식을 만들어

먹어야 마음이 편하다.

한 20년쯤 잠옷에 앞치마를 두르고, 책상과 싱크대를 오가며 살았다. 젊었을 땐 쇼핑도 좋아했지만, 요즘은 거의 백화점을 가지 않는다. 둘러보면 모두 버리고 갈 것들밖에 없다. 내일 죽을지도 모르는데 더 이상 집안의 물건이나, 신발이나, 옷이나, 가방을 산다는 게 죄를 짓는 것 같다.

별명이 '리폼의 여왕'이다. 있는 옷 고쳐 입고, 누군가 주는 가방이나 옷 얻어 입으며 검소하게 사는 게 참으로 마음이 평온하다. 백화점은 욕망이 들끓는 곳이다. 파는 사람도 쇼핑하는 사람도 모두 '욕망이라는 이름의 전차'를 타고 무한궤도를 돌고 있는 듯하다. 그 궤도에서 한 발 살짝 빠져나온 듯한 기분을 뭐라고 표현해야 할까. Peaceful! 평화롭다. 비로소 맑은 물에 천천히 헤엄치며 사는 늙은 잉어 같다.

늘 종종거리며 살았지만 돌아보면 '복福'을 저금한 적이 없다. 중고등학교 때, 남들은 모두 공부할 때도 책에 빠져 늘 하늘과 바람과 숲과 별과 새소리에 귀를 기울이느라 일류 대학을 가지 못했다.

대학을 가서도 마찬가지다. 디자인학과에 갔으면 디자인이나 충실히 할 일이지, 도서관에 앉아, 세상의 번뇌는 혼자 다 짊어진 듯, 펜으로 세상을 바꿔보겠다는 듯, 되지도 않는 소설을 쓴다고 20대의 그 푸르른 청춘을 다 날려버렸다. 한없이 복을 저금해야 할 시기에 말이다. 낮밤을 뒤바꿔 살았다. 그러기는 지금도 여전하다. 새벽 서너 시에 잠들고, 아침 10~11시쯤 일어난다. 비즈니스로 점심 약속을 하기는 매우 힘든 바이오리듬을 가지고 있다.

돌아보면 한번도 빈둥거린 적이 없는데, 딱히 복을 저금하지도 않았다. 여기서 말하는 '복'이란 극히 세속적인 것을 말한다. 잘 먹고 잘 사는 것. 좋은 대학 나와서 좋은 직장 다니고, 고액 연봉을 받으며, 강남의 수십 억짜리 아파트에 살고, 좋은 차 타고, 근사한 식당에서 외식하고, 머리끝에서 발끝까지 명품을 두르고, 마음껏 해외여행을 다니며 사는 삶을 말한다.

그렇게 사는 사람들을 자세히 들여다보면, 그렇게 살 수 없는 사람들보다 엄청 열심히 '복'을 저금하고 살았다는 걸 알 수 있다. 만약 그렇지 않는 사람이 잘 산다면, 그건 우리가 알 수 없는 전생이나 전전생에 복을 많이 저금해뒀다고 생각한다. 그렇게 해석하지 않고는 천벌받을 것 같은 사람이 잘 사는 걸 이해할 수가 없다(불교의 윤회설은 인간의 정신세계를 얼마나 풍요롭게 하는가). 일단 좋은 대학을 들어가려면 청소년기 때 힘들게 공부해야 한다.

나보다 두 살 많은 오빠가 있다. 오빠와 난 각자의 방에서 공부를 했다. 내 방문을 열면 오빠가 책상에 앉아 있는 모습이 보인다. 오빠의 방문이 닫혀 있을 때도 난 오빠가 책상에 앉아 있는 걸 알 수 있었다. 중고등학교 6년을 오빠가 누워서 자는 모습을 본 적이 없다. 책상에 엎드려 자다 아침에 학교를 갔다. 의사가 되고 싶었지만 서울의 너무 높은 대학의 의대에 지원해서 낙방을 했다. 오빠는 한양대 공대를 갔다. 대기업에 십 년쯤 다니다가 고향으로 내려와 건설업을 시작했다. 잘 모르긴 하지만 돈을 많이 벌었다. 우리 집이 부도가 났을 때는 말없이 생활비를 보내주었다. 정말 내게 한번도 돈을 보냈다는 말을 하지 않았다. 정확한 날에 그저 통장에 돈만 넣어주었다.

군에 간 오빠의 일기장을 훔쳐본 적이 있는데, 돈을 많이 벌어 '남을 돕고 사는 삶'이 꿈이었다. 오빠는 자신이 생각하는 올바른 삶을 실천하며 살았다. 나와 피를 나눈 오빠지만 존경하지 않을 수 없게 만들었다. 아들 둘을 성당에서 결혼시킬 때도 축의금을 받지 않았다. 그동안 오빠가 다른 사람에게 한 축의금의 단위를 생각하면 놀라운 결정이었다.

현역일 때는 성당을 지어주기도 했다. 지금은 사업을 접고, 머슴처럼 성당 보수공사를 해주며 성당에서 살다시피 한다. 그 사이 사진작가가 되어, 요즘은 재능기부를 하며 살고 있다.

큰조카는 일본에서 살고 둘째 조카는 파리에서 산다. 남들이 보면 복이 많은 것 같지만 평생 옆에서 지켜본 나는 안다. 오빠는 평생 복을 저금하며 살았다. 의사가 되지는 못했지만 늘 주위 사람들을 도우며 살았다. 청소년기 때는 공부를 열심히 하는 게 복을 저금하는 거다. 20대 때도 마찬가지. 그 이후로는 덕을 베풀어 복이 마르지 않게 해야 한다. 덕은 꼭 물질만을 말하는 것은 아니다. 인간을 불쌍히 여기고, 불의를 부끄러워하고, 겸손하게 살며, 옳고 그름을 분별해서 행동하는 마음이기도 하다.

사람들은 대개 부모 탓을 한다. 그럼 고아들은 모두 도둑이 되어야 맞는다. 절대 아니다. 역학자로서 한마디하자면 다 팔자대로 산다. 그 팔자라는 게 그 사람의 성품이나 생활태도와 거의 일치한다. 운이 나쁜 사람은 인생을 제멋대로 산다. 뜻이 있는 곳에 길이 있다. 뜻을 세운 바가 없으니, 길을 찾을 수가 있나. 청소년기 때는 공부 하지 않고, 20대 때는 술 퍼먹고 놀다 좋은 곳에 취직 못한다. 겨우 취직을 했으면 감사하는 마음으로 다니지 않고, 불평불만 가득해서는 금방 때려치우길 반복한다. 운이란 반드시 돌아오고, 운이 나쁜 사람도 꿈을 가슴에 품은 사람은 다르게 산다.

꿈이란 나침반과 같다. 어느 시간, 어느 곳에 있어도 나침반은 북두칠성을 가리킨다. 너무 원대한 꿈은 꿈이 아니다. 꿈도 궤도 수정을 하며 가는 거다. 하늘에는 북두칠성만 있는 게 아니다.

운이 없는 사람은 대개 부정적인 사고를 하며, 전부 남의 탓을 하며, 감사할 줄 모르는 특성이 있다. 그런 사람은 '복'을 전혀 저금하지 못한다. 그나마 있던 복도 닥닥 긁어 탕진해버린다. 그러면서 복 있게 잘 사는 사람들을 욕한다. 부모 잘 만나서 그렇다고, 줄을 잘 서서 그렇다고, 운이 좋아서 그렇다고. 다 맞는 말이다. 부모 잘 만난 게 아니라 부모에게 감사하는 마음을 가지니 못난 부모로 만들지 않은 것이고, 긍정적인 사고를 하니 좋은 인연을 만나게 되어 운이 좋아지는 것이다.

복 있는 사람들은 대부분 성실하고, 착실하게 타의 모범이 되는 삶을 산다. 난 나 자신을 안다. 남들 공부할 때 공부 하지 않고, '글쟁이'가 되겠다고 미쳐 날뛰었으니 그 과보果報를 당연히 받는 거다. 이렇게 겸허하고 가난한 마음으로 상담일을 하며, 짧은 글이라도 쓰고 사는 삶에 자족한다. 가난하게 살다보면 '가난의 미학'이라는 게 있다는 걸 알게 된다. 일단 욕망에 휘둘리지 않는 고요한 마음이 좋다.

글을 써서 먹고 사는 사람은 0.6%도 안 된다. 베스트셀러가 되기는 로또복권 당첨되기보다 어렵다. 그러나 나는 어쩌다가 명리학 공부를 하게 되어 미약하게나마 사람들에게 도움되는 말을 해주며, '일용할 양식'을 얻을 수 있으니, 다른 글쟁이들에 비해 복받은 셈이다. 다시 말하자면 '명리학 공부'를 한 게 나로서는 '복'을 저금한 일이 된 셈이다.

제발 젊은이들에게 말하노니, 나라탓, 부모탓, 사회탓 하지 말고 복을 저금하길 바란다. 복을 저금한 적도 없으면서 복받길 원한다면 도둑의 심보와 같다. 사과나무를 심고 그 열매를 따먹으려면 몇 년은 기다려야 한다. 그 사이 가지치기도 해야 하고, 벌레도 잡아주고, 천둥 번개도 견뎌야 하고, 약도 쳐줘야 한다. 아무것도 하지 않은 산사과도 가을이 되어야 하고, 산사과를 따러 산에 올라가야 하는 수고로움이 있어야 한다. 하물며 복을 저금하는 일이 호락호락하겠는가.

지금 당신의 삶이 힘들고 고통스럽다면 복을 저금하는 순간이다.

"인격의 핵심은 성실함이다." 이 말이 참으로 좋다. 천재는 성실함을 이기지 못한다. 성실함은 모든 복의 근원이다. 복은 검소함에서 오고, 덕은 겸손함에서 온다. 성실함에는 검소함과 겸손함이 모두 포함되어 있다. 허영에 찬 사람이 성실할 수 없고, 교만한 자가 성실할 수 없다. 매일매일 복을 조금씩 저금하세요. 어느 날 당신의 항아리에 복이 가득 넘칠 겁니다.

제2부

콤플렉스 사용설명서

부부란 무엇인가

어머니와 아버지는 만나면 안 되는 사람끼리 만났다. 그들은 일평생 뜻이 맞지 않았다. 어머니는 자신에게 다정하게 말하지 않는 아버지가 싫고, 아버지는 싹싹하지 않는 어머니가 싫었다. 그게 다가 아닌지도 모르지만 두 분이 왜 금슬이 좋지 않느냐고 물으면 그렇게 말할 수밖에 없다.

전문용어로 풀이하자면 아버지는 정화丁火 불로 태어났고 어머니는 계수癸水 물로 태어났다. 정화를 꽃으로 봤을 때 계수는 서리로 본다. 정계충丁癸沖이다. 꽃이 피기도 전에 서리가 내린다는 뜻에서 충으로 본다. 그래서 이런 일간으로 태어난 사람끼리는 절대 결혼하면 안 된다. 일평생 불화가 끊이지 않을 수 있다. 그러나 이미 한 걸 어떡하나. 요즘 사람 같으면 삼 년을 못 넘기고 다 이혼할 것이다.

집안은 언제나 권위적인 아버지의 기분 여하에 따라 저기압과 고기압을 오갔다. 내 기억으로 집안은 언제나 저기압이 지배적이었다. 왜 아버지는 늘 화가 나 있는 것 같았을까. 실상은 그렇지 않았는지 모르지만 내 눈에는 그렇게 보였다.

그럼 일간이 충沖이 아니고 합合이 든 부부는 어떠할까. 일간이 합이 든 부부를 천생연분天生緣分이라 한다. 하늘이 맺어준 인연이란 뜻이다. 일간이 합이 든 사람끼리 부부로 만나려면 여러 생 동안 엄청난 복福을 저금해두어야 가능할 것이다. 그런 부부들은 보리개떡을 먹고 살아도 사이좋게 오순도순 산다.

아무튼 아버지와 어머니는 악연이었다. 서로에게 전생의 빚이 있겠지만, 객관적으로 보면 어머니의 빚이 훨씬 커 보였다.

첫째가는 여성이란 뜻의 '알파걸'들이 결혼에 실패할 확률이 높다는 기사를 자세히 읽은 적이 있다. 어느 심리학자의 글이었다. 대부분의 알파걸들은 가부장적 분위기에서 자라 남성우월주의에 대한 반감을 가지고 있다는 것이다. 그녀들은 남자에게 절대 지지 않으려는 '아마조네스적'인 마인드를 가지고 있다. 그들은 자신보다 우월한 남자를 만나면 그 품에 안겨 편하게 살아야지 하고 생각하지 않고, 무의식적으로 그 남자를 경쟁상대로 생각한다. 그러니 자신보다 우월한 남자를 만나기가 어렵다고 했다.

알파걸들의 불행은 결국 권위적인 아버지의 사랑을 충분히 못 받고 자란 딸들에게 많이 나타난다는 것이다. 나는 알파걸은 아니지만 그 기사에 어쩜 그렇게 공감이 가는지. 스스로 잘난 줄 아는 남자를 보면 거부감이 왔다. 학벌 좋고 직업 좋고 집안 좋은 잘난 남자들의 그 은근한 오만이 한눈에 보이는 것이다. 어쩌면 제인 오스틴이 『오만과 편견』에서 지적한 대로 편견일 수도 있다. 잘생기고 능력 있고 돈 많은 남자는 다 오만하다는 편견.

대부분의 알파걸들은 전혀 권위적이지 않은, 자신의 아버지와는 정반대인 착한 남자를 선택하는 경우가 많다고 한다. 착한 남자는 당연히 세상과의 싸움에서 패할 확률이 높다.

궁합이 별로인 부부는 세상과의 싸움에서 패하게 되면 깨지기 십상이다. 부부 궁합이 별로라는 것은 둘 사이의 결속이 느슨하다는 뜻이다. 삶의 복병을 만나게 되면 언제든지 해체될 수 있다. 그래서 사람들은 결혼을 할 때 궁합을 보는 것이고, 삶의 복병을 만나도 거뜬히 이겨나갈 라이센스를 가진 전문직 남자가 인기가 있는 것이다. 요즘은 이런 생각조차 차별일 수 있다. 전문직 여자들이 집에서 일을 하고 아이를 키워줄 남자를 찾기도 한다. 극히 드물지만 말이다.

늘 내 삶을 돌아볼 때면 언제나 그 매듭은 아버지에게서 멈춘다.

사이가 좋지 않은 아버지와 어머니. 가부장제에 짓눌려 평생을 인내하며 사는 어머니를 향한 연민과 아버지에 대한 분노. 그런 집을 빨리 벗어나고 싶었던 이십대. 결론은 가부장제도가 아니라 궁합이 별로인 부부였지만 말이다.

어머니는 60년간 성격 급하고 독단적이고, 남에게는 잘 베풀면서 유독 어머니에게만 너그럽지 못한 아버지의 비위를 맞추며 살았다. 하여 자식에게만 목숨을 걸고 살아온, 그런 어머니가 드디어 쓰러지셨다. 일본에서 태어난 어머니는 세 살에 생모가 죽고 세상천지에 혼자였다고 했다. 결혼을 했는데도 남편의 따뜻한 사랑을 느끼지 못했다. 자식 세 명이 둥지를 다 떠나가자 어머니는 걷기 시작했다.

파트리크 쥐스킨트의 『좀머씨 이야기』를 읽으며 그렇게 눈물이 난 것은 어머니 생각이 났기 때문이다. 사람들은 『좀머씨 이야기』와 어머니가 무슨 연관이 있느냐고 의아해하겠지만 나는 안다. 왜 좀머씨와 어머니는 걷기만 했는지.

어머니는 큰 재래시장이나 시내의 교동시장에서 집까지 걸어다녔다. 김 하나 사러 걸어갔다오고, 부추 한 단 사러 걸어갔다오고, 비누 하나 사러 걸어갔다왔다. 그저 구경만하고 돌아올 때가 더 많기는 했다. 내처 걸으면 두 시간이 걸리지만, 가다가 아무 길거리의 건물 화단 턱에 앉아 쉬었다가 가면 세 시간도 걸린다고 했다. 나이가 들면서 그 시간은 점점 더 길어졌다.

— 걸으면 아무 잡생각이 안 난다. 얼마나 자유롭노, 걸을 수 있다는 게…. 다리가 아파 쉴 때면 하늘을 쳐다본다. 하늘을 훨훨 나는 새를 보면 제일 부럽다. 저 새들은 날아다니니 다리는 안 아프겠구나, 하고.

누군가를 안다는 건 그 사람의 아픔과 슬픔을 안다는 것이다. 그 사람의 아픔과 슬픔을 모르는 사람은 친구가 될 수 없다. 하물며 혈육인데 말해 무엇하겠는가. 그저 생각만 해도 눈앞이 붉어지는 것을. 어머니의 아픔과 슬픔은 한마디로 외로움이었다고 생각한다. 팔십여 년을 세상에 내동댕이쳐진 외로움. 좀머씨도 마찬가지. 궁금하면 책을 사 읽어보시라.

훨훨 나는 새가 부러울 때부터 다리가 아팠을 것이다. 약을 먹고 걸었다. 그러나 그 약도 점점 듣지 않았다. 드디어 진통제를 아무리 많이 먹어도 다리가 아파서 걸을 수가 없게 되었다. 어느 순간 어머니의 다리는 휘어져 있었다.

아버지는 엄청 민망한 복장을 하고 비싼 자전거를 타는 라이드 동호회 회장이고, 여자 회원이 많은 게이트볼 동호회 회장이다. 회원들에게 매일 사비로 삶은 계란 하나씩과 믹스커피를 제공한다. 일주일에 한번씩 차로 드라이브도 시켜준다.

동갑인 어머니에 비해 아버지는 정정하시다. 다섯 명이 하는 부부모임이 있다. 부부 사이가 나쁜 듯해도 아버지는 그런 자리에는 어머니를 반드시 동반했다. 그 다섯 부부 중 남편 셋은 세상을 떠났고, 한 명은 휠체어 신세라고 했다. 오로지 아버지 혼자 푸르렀다.

어머니는 인공관절 수술을 했고 40여 일 만에 집으로 돌아왔다. 요즘 아버지는 물리치료기로 어머니 다리 운동을 시키고, 시장 봐와서 밥하고 빨래하고 청소를 한다. 어느 날 어머니 휴대전화로 전화를 했더니 아버지가 받았다.

— 오늘 느그 엄마 목욕시켰는데 등에 때가 엄청 많이 나오더라.

세상에 나는 내 귀를 의심했다. 아버지가 어머니 목욕을 시켰다고? 60여 년간 어머니는 아버지에게 전생 빚을 다 갚은 모양이다. 어머니를 바꿔달라고 했다.

— 엄마, 이제 아버지에게 섭섭한 거 없지? 그렇게 아버지가 요즘 엄마를 사랑하니까 원도 한도 없지? 얼렁 고해성사해봐. 이제 죽어도 여한이 없지?

어머니는 행복이 가득한 웃음을 웃었다.

아버지의 마음이 변화된 건 자식들의 효심이 영향을 끼쳤을 것이다. 특히 오빠와 남동생의 효심이. 자식 셋은 모두 어머니 편이다. 셋이 똘똘 뭉쳐 어머니를 간병했다. 40여 일 동안 입에 혀처럼 굴던 어머니가 없는 집에서 아버지는 깨달은 바가 큰 듯했다.

요즘은 어머니에게 전화를 해 오늘 아버지가 뭘 해줬어? 하고 묻는다. 그럼 어머니는 오늘은 느그 아버지가 비빔국수를 해줬다, 하고 말한다.

부부란 무엇일까. 결혼해서는 안 되는 사람끼리 만나는 것도 어쩌면 우리가 알 수 없는 전생의 빚을 주고받아야 하는 사이인지 모르겠다. 그러나 과연 60여 년간 전생 빚을 갚을 사람이 요즘 세상에 있기는 할까.

명리학, 당신의 거울

소크라테스는 "너 자신을 알라"고 했다. 물론 그 말은 그리스 델포이의 아폴론 신전 현관 기둥에 적혀 있는 말이다. 아무튼 우리는 '나 자신'을 몰라 수많은 시행착오로 시간 낭비, 돈 낭비, 사랑 낭비, 감정 낭비, 인간관계 낭비, 하물며 자식의 인생까지 낭비시킨다. 예술가나 연예인이나 딴따라 사주인데 법학을 시킨다. 완벽한 문과 성향인데 이공계로 가게 한다. 뿐이겠는가, 그러다 잘못하면 자식이 완벽하게 부모를 배신할 수도 있다. 그 모든 게 자식의 팔자를 모르기 때문에 일어나는 일이다.

사랑과 물과 팔자는 제 길을 잃어버리는 일이 없다.

참척慘慽. 세상의 어떤 배신도 자식이 죽음으로 부모의 등에 칼을 꼽는 배신을 능가할 것은 없을 것이다. 일주일 사이로 유명인이 2명이나 극단적인 선택을 했다. 그런 뉴스를 접할 때마다 직업의식은 못 속인다고, 그들의 운명(사주팔자)이 어떠했으며, 지금 어떤 대운과 어떤 해운과 어떤 날 운이었는지 짐작하게 된다.

심지어 군에서 총기사고가 났다는 기사를 볼 때면 너무나 안타깝다. 손윗사람이나 친구, 선후배에게 왕따를 당하는 사주가 있기 때문이다. 이런 사주팔자를 타고났다면, 운이 좋을 때 군에 입대를 해야 괴롭힘이나 불의의 사고를 어느 정도 막을 수 있다. 왕따 사주가 나쁜 게 아니다. 그들은 '오타쿠' 성향으로 연구직이나 예술가 형에 많고, 호불호가 분명한 사람이 많다.

'화려한 왕따'는 스스로 왕따이므로 내공이 센 경우가 많아, 오히려 제 갈 길을 잘 찾아간다. 그러나 남을 왕따시키는 행위는 폭력이며, 살인행위와 같다. 왜냐하면 인간은 사회적 동물이기 때문이다. 인간은 교감할 대상이 없으면 말라죽는 식물과 같다. 우리가 SNS를 하는 이유도 여기에 있다.

전문용어로 말하자면 사주에 관살官殺이 많으면 관재수官災數(경찰서나 법원을 드나들게 되는 수)가 있을 수 있고, 더욱 운이 나쁘면 자진自盡하게 되는 경우가 많다. 자식이 이런 운일 경우에는 부모가 밀착방어를 해서 사랑을 융단폭격으로 쏟아부어야 된다. 그래도 팔자가 막아질까 말까다. 그런데 이런 사주들은 대개 부모와 친구와 혹은 애인과 사이가 좋지 않다. 그러니 더욱 세상에는 자신을 이해해 주는 사람이 한 명도 없다고 생각하게 되어 우울증이 올 수도 있다. 때론 '가면우울증'으로 나타나기도 해서 주변에서 전혀 알아차리지 못하는 경우가 많다.

꼭 관살이 아니더라도 오행이 생년월일시 네 기둥(사주四柱)의 여덟 글자(팔자八字)에 골고루 섞여 있는 게 아니라, 너무 편중되어 있어도 건강과 불의의 사고를 주의해야 한다. 명리학은 통계학이다. 명쾌하다. 5,500년 동안 한문의 역사와 함께 발전되어온 학문이다. 5,500년 전 거북 등껍질이 갈라진 걸 보고 농사점을 쳤고, 상형문자를 만들기 시작했다.

『삼국지』를 보면 유비가 제갈공명을 만나러 가는 날도 거북점을 친다. 거북 네 마리가 다 똑같이 엎드린 모양으로 나오자, 유비는 관우와 장비에게 당장 제갈공명을 만나러 가지고 한다. 정말 점괘대로 세 번째 제갈공명의 초당을 방문했을 때 제갈공명이 여행에서 돌아와 있다. 그게 그 유명한 '삼고초려'다.

오래 전 드라마 〈불멸의 이순신〉에도 점을 치는 장면이 나왔다. 늘 고요한 밤 홀로 앉아, 일기를 쓰던 이순신(김명민 분)은 내일 전투가 어떨지 대나무 통에 꽂힌 나뭇가지를 뽑아본다. 육효六爻(주역의 64괘를 구성하는 6개의 획)다. 그때는 명리학에 관심도 없던 시절인데 그 장면이 강렬하게 남아 있다.

다산 정약용도 유배지에서 주역을 통탈했다. 나는 정약용의 후손이다. 야심한 밤 홀로 앉아 글을 쓰거나 남의 사주를 간명지에 풀고 있을 때면 다산의 피가 파랗게 내 속에 흐르고 있음을 느낀다.

다산은 천주교를 믿는 형님(정약전) 때문에 유배를 간다. 천주학당을 버리겠다고만 해도 될 일을 다산은 끝까지 형님을 배신하지 않았고, 하느님도 버리지 않았다. 하느님을 믿는 다산은 왜 유배지에서 주역서를 묶은 끈이 다 닿도록『주역』을 독파했을까.

종교와 사주명리학과는 아무 상관이 없다. 사주팔자는 그냥 태어날 때 이마에 찍고 태어나는 바코드와 같다. 이를 운명이라 하고, 신탁이라 하고, 하느님의 프로그램이라 하고, 과거 생의 성적표라고도 한다. 다산은, 다만 하늘의 뜻을 알고 싶었을 것이다. 다시 말해 자기 자신을 알기 위함이었을 것이다. 자기 자신을 알면 순명할 수가 있지 않는가. 감히 누가 신탁을 거스를 수 있단 말인가.

그 따위 사주팔자 안 믿는다고 하는 자만큼 교만한 사람도 없다. 그렇게 자신의 운명에 자신만만하단 말인가. 그런 사람을 나는 두려운 눈으로 바라본다. 그런 자가 신神의 화살을 맞는 것을 그리스로마 신화에서 무수히 봤기 때문이다.

명리학은 거울과 같다. 나 자신을 알게 한다. 나 자신을 객관적으로 알게 되면 남의 탓을 하지 않는다. 남편 잘못 만나 자신의 인생이

꼬였다고 항변하던 여자도 자신의 사주를 듣고는 숙연해진다. 다른 남자를 만났어도 마찬가지였을 것이기 때문이다. 남자 덕이 없는데 누굴 만난들 다를 수 없다.

그러나 변수는 있다. 세상에 나쁜 부부는 없다. 안 맞는 부부만이 존재한다. 남자 덕이 없어 남편 덕을 못 본다고 해도 나와 궁합이 맞는 남자를 만나면 비록 덕은 못 본다하더라도 그런 대로 잘 산다.

명리학은 성패와 화복을 미리 알아서 패와 화를 피하기 위해 보는 게 아니다. 피한다고 피해지는 게 아니다. 다만 나 자신을 알고, 운이 좋을 때와 운이 쉴 때를, 그런 때를, 기미를 알아차리는 학문이다. 가령 운이 쉴 때를 알면 가만히 기도하는 마음으로 살면 된다. 운이 쉴 때를 모르고 투자를 한다든가 새로운 일을 벌이면 실패 우려가 크다는 말이다.

세상은 돈과 성性으로 돌아가는 게 아니라 오행으로 돌아간다. 돈의 많고 적음의 차이는 있어도 행과 불행은 똑같다. 얼마나 공평한가. 돈 많다고 행복만 하다면 돈 없는 사람은 다 죽어야 한다. 산이 높으면 골이 깊듯, 돈과 권력이 많은 사람은 운이 나쁠 때는 보통사람보다 더욱 나쁠 수 있다. 전임 대통령이 사형선고를 받기도 하는 이유다.

그저 평범하게 부부금실 좋고 아들 딸 낳고 행복하게 오래 살게 해달라고 옥황상제에게 비니까, 그런 인생이 있으면 내가 인간으로 태어나겠다고 한 유머도 있지 않은가. 물 좋고 정자 좋은 사주는 채 2%도 안 된다. 100명 중에 한두 명만이 좋다는 말이다. 쉽지 않다.

그러나 100%란 있을 수 없다. 80%로는 맞는다. 10%로는 노력이 필요하고, 나머지 10%로는 종교의 힘, 즉 기도나 수행으로 극복할 수 있다. 자신의 운명을 받아들이고, 사랑하며, 참회하여 성숙된 영혼으로 거듭나거나, 죽을 각오로 과거 생의 습習을 잘라버리는 수밖에 없다. 다음 생에는 이런 팔자로 살고 싶지 않다면 말이다. 아니면 공덕을 많이 쌓아 나쁜 팔자의 빚을 탕감할 수도 있다.

스티브 잡스가 왜 단명했는가에 대해 언젠가 〈정영희의 역학산책〉이란 칼럼에 쓴 적이 있다. 마이크로 소프트의 빌 게이츠가 적선을 많이 한 데 비해, 스티브 잡스는 평생 베풀지 않았다. 자선단체를 만들어놓고도 나중에 취소했다. 그는 참선도 하며 살았지만 적선으로 자신의 명줄을 이을 수 있다는 걸 몰랐을 것이다.

운명을 뛰어넘을 수 있는 방법은 참회기도와 적선뿐이다. 적선은 남의 생명을 살리기 위해 베푸는 방생과 덕을 쌓는 보시를 말한다. 우리나라 재벌들도 눈여겨보면 자선사업을 많이 하는 기업이 잘 풀린다. 악덕기업이 잘 된다면, 우리가 오래오래 살아 그 다음 세대가 잘 사는지 지켜볼 일이다.

이렇게 유쾌하고, 명쾌하고, 담백한 명리학을 터부시하고, 백안시

하고, 편견에 사로잡혀 오만하게 구는 '근본주의'자들이 많다. 근본주의자들은 언제나 위험하다. 신의 이름으로 언어폭력을 자행하는 자들은 '근본주의자'들이기 십상이다. 그들은 자신의 종교 이외는 모두 악령으로 본다.

명리학은 당신의 거울이다. 거울을 보며 단정하게 머리를 빗듯, 명리학은 우리의 마음을 겸허하게 한다.

콤플렉스 사용설명서

'위대한 콤플렉스'란 말이 있다. 자신의 열등한 부분을 극복하려 노력하다보니 훌륭한 사람이 되었다는 말이다. 나폴레옹이 작은 키를 극복하려 노력하다 영웅이 되었듯이. '콤플렉스 사용설명서'는 한마디로 자신의 콤플렉스를 인정하고 받아들이고, 급기야 사랑해버리면 된다. 스스로 디스self dis하면 세상이 유쾌하고 농담처럼 멋있어진다.

— 못 생겨서 죄송합니다.

코미디언 이주일은 이 한마디로 대한민국 국민을 쥐락펴락하다 떠났다. 못 생겨서 죄송하다는 사람이 폐암이 걸려 모습이 망가지기 전까지 그 누구보다 멋있게 늙었다. 그는 자신의 콤플렉스를 뛰어넘어 사랑한 사람이다.

콤플렉스를 뛰어넘은 사람은 멋있게 늙는다. 여자도 마찬가지다. 젊었을 때 아무리 예쁜 여자도 콤플렉스를 극복하지 못하면 경직되고 강파르고 고약하게 늙어간다. 내면이 얼굴에 지문처럼 나타나기 때문이다. 그런 여자는 끝임 없이 거짓말을 한다. 자신을 합리화시켜야 하므로. 그러나 그녀는 자신이 거짓말을 하는지조차 자각하지 못한다. 자신의 내면을 바라본 적이 없기 때문이다.

그런 여자는 범사에 감사할 줄 모르고, 사과할 줄 모르고, 남을 칭찬할 줄 모르고, 신神에게 기도할 줄 모른다. 더더욱 남을 위한 기도는 해본 적이 없을 것이다. 늘 남을 경멸하고 멸시하는 마음이 가득차 점차 눈빛도 변한다. 종래에는 얼굴은 쭈글쭈글한데 눈빛만 뛰어넘지 못한 열등감과 욕심으로 사악하게 반짝인다.

평생 시장바닥에서 채소를 파는 할머니도 평온하게 소녀처럼 늙어간다. 자신의 삶을 받아들이고 사랑하기 때문에 남도 사랑하는 눈을 가지게 된 것이다.

뛰어넘을 수 있는 콤플렉스는 뛰어넘는 게 좋다. 외모 콤플렉스가 있으면 의학의 힘을 좀 빌리면 된다. 자고로 의학이란 인간의 욕망을 먹고 자라지 않는가. 남들 하는 성형을 욕하지 말고 자신도 살짝 보수공사를 하는 게 좋다.

언젠가 우연히 텔레비전에서 본 방송인 '현영'이 인상 깊게 남아 있다. 그녀는 몸매가 좋고 재능이 많은 여자였는데 얼굴은 그렇게 미인이 아니었던 모양이다. 옛날 사진을 공개하고 패널들을 디스하는 예능 프로였는데 그녀의 옛날 사진은 현재와 많이 다른 얼굴이었다.

— 어디 어디를 고쳤어요?

사회자가 물었다. 그러자 현영은 한 군데밖에 안 고쳤어요, 하고 말했다. 사람들이 전혀 믿지 않는 눈으로 어디요? 하고 묻자 그녀는 자신만만하게 '얼굴!', 이라고 답했다. 그녀는 자신의 옛날 얼굴을 공개하는 프로그램에 나옴으로써 자신의 콤플렉스를 완전히 뛰어넘은 것이다. 약간 혀 짧은 소리를 하는 그녀는 충분이 아름답다.

학력 콤플렉스가 있으면 학력 세탁을 좀 하면 된다. 젊었다면 '점프(학사 편입)'를 하면 되고 나이가 들었다면 행정대학원이나, 경영대학원이나, 예술대학원이나 얼마든지 들어갈 대학원이 널려 있다. 그런 곳에 가는 걸 우습게 보지 마라. 대학원 공부를 해본 사람과 안 해본 사람은, 남이 알아주든 몰라주든 스스로 자존감의 차이가 있다. 그럴 만한 여건이 안 되면 스스로 인정하면 된다.

저는 가방끈이 짧아서 잘 모르겠는데요, 하고 말하면 된다. 가방끈 길다고 잘난 척하던 사람이 순간 찔끔할 것이다. 자신의 콤플렉스를 인정하고 뛰어넘은 사람은 내공이 센 사람들이다. 공부를 많이 하지 않아도 몸으로 익히며 깨우친 사람들이 더 무섭다. 나처럼 책상물림인 경우 그런 사람들에게 잘못 걸리면 뼈도 못 추린다. 그런 사람들은 사람의 눈을 똑바로 쳐다보며 말을 한다.

특히 차별주의자들은 조심해야 한다. 학벌 차별주의, 외모 차별주의, 빈부 차별주의, 아직도 양반 상놈 찾고 앉아 있는 차별주의자들은 콤플렉스 덩어리들이기 십상이고, 또한 그 콤플렉스를 뛰어넘지도 못한 자들이다. 그런 자들은 사람들과 있을 때와 혼자 있을 때의 얼굴이 다르다. 비굴하거나 야비하거나 둘 중에 하나다.

내 오피스텔을 들랑거리며 나와 친구 되기를 원하는 또래 여자가 있었다. 그녀는 입만 열면 그 사람 남편이 서울대 나왔거든요, 하고 말했다. 그녀는 학벌 차별주의자다. 정작 그녀는 서울대 나온 남편을 만나지 못했다. 학벌 차별주의자들은 콤플렉스 덩어리들이다. 그런 여자는 진정한 친구를 사귈 수 없다. 친구에게조차 자신을 포장하고, 신화화시키기에 바빠 친구의 진심을 바라볼 겨를이 없다.

친구란 같은 곳을 바라보며 교감하는 사이다. 생각을 나누고, 아픔을 나누고, 슬픔을 나누고, 세월의 무상함을 나누고, 나만 늙어가는 게 아니라, 너도 늙게 된다는 연대의식으로 위안을 받는다. 죽음조차 담담하게 받아들일 수 있게 하는 게 친구다.

우정도 사랑의 일종이며 사랑은 관심이다. 그런 관심이 겉으로 드러난 돈이나 지위나 학벌에만 있다면 어떻게 교감을 나눌 수 있는 친구가 되겠는가. 그런데 콤플렉스 덩어리들은 상대의 내면은커녕 겉모습만 보고 시기와 질투를 소환한다.

시기와 질투는 사악하여 기어이 상대를 할퀴고 만다. 주도면밀한 고양이처럼 아주 조심스럽게 또한 빠르게 상대의 영혼에 스크래치scratch를 낸다. 처음엔 사소해보이고, 남들이 봐도 별 거 아닌 것 같다. 그러나 그 상처는 흉터가 되어 계속 남아 있다. 시기와 질투심은 그 한번으로 끝나지 않는다. 그 상처에 아무도 눈치 못 채게 또 상처를 준다. 상대가 비명을 지를 때까지.

친구란 모름지기 '한편' 먹자고 친구하는 거다. 쉽게 말해 '우정의 동맹'을 맺는 것이다. 어떤 상황에서든 내 편 들어달라고 시간과 애정을 투자하는 것 아닌가. 그런데 콤플렉스 덩어리들은 시기와 질투로 친구를 깎아내리기 바쁘다. 그런 사람은 내공이 없어 단 둘이 있을 때는 꼬리를 내리고 한편인 척한다. 그러나 다른 사람이 섞이면 곧바로 콤플렉스가 기어올라 친구의 마음을 다치게 한다. 자신이 콤플렉스를 별로 느끼지 않는 친구나 이득을 볼 것 같은 사람에게는 입 속의 혀처럼 착하게 군다. 그러니 콤플렉스 덩어리인 사람을 가려내기란 쉽지 않다.

잘난 남들 바라보며 긴 줄 끝에서 콤플렉스 느끼지 말고 돌아서라. 돌아서서 자신의 내면을 바라보는 순간 너는 일등이 된다. 네가 네 존재의 주인이며, 세상의 유일무이한 존재임을 깨닫는 순간 콤플렉스는 사라진다. 남과 비교하는 삶을 멈추지 않는다면 너는 영원히 불행한 이류다.

콤플렉스를 극복하지 못한 대표적인 인물이 테네시 윌리엄스의 『욕망이라는 이름의 전차』에 나오는 블랑시(비비안 리 분)다. 블랑시는 동성애자인 남자와 결혼했다가 실패하고, 제자와 사랑에 빠졌다가 교사직에서도 쫓겨나고, 뭇남자들을 전전하며 문란한 생활을 하다 더 이상 갈 곳이 없어졌다. 삶의 바닥까지 떨어진 그녀는 '욕망'이라는 이름의 전차를 타고 빈민가에 사는 동생 집을 찾아온다.

블랑시는 자신의 콤플렉스를 감추기 위해 끝임없이 거짓말을 한다. 눈은 상대의 눈을 똑바로 바라보지 못하고 허공을 헤맨다. 늘 허영에 차 허황된 소리만 지껄인다. 그녀의 가식을 더 이상 참을 수 없었던 제부 스탠리(말론 브란도 분)는 그녀가 밑바닥 삶조차 이어갈 수 없도록 능멸한다. 말론 브란도는 나쁜 남자의 전형을 보여주지만 너무 멋있어 미워지지 않는 결점이 있다.

그녀가 현재의 불행하고 열등한 상황을 받아들이고 인정했다면 충분히 극복할 수 있었을 것이다. 그녀는 그 상황을 절대로 인정하지 않고 옛날의 잘살았던 때만을 그리워하며 자신을 포장하기에 바빴다. 채워지지 않는 욕망에 시달리며 머릿속이 텅 빈 '무뇌아'의 가련한 영혼의 전형을 연기한 비비안 리의 연기는 소름이 돋는다. 그녀는 결국 정신병원에 실려가는 걸로 끝이 난다.

또한 콤플렉스는 자존심과 동의어이다. 자존심이 상할 때는 언제나, 누군가 자신의 콤플렉스를 건드릴 때다. 콤플렉스를 뛰어넘은 사람은 오히려 그런 상황일 때 스스로 디스하며 웃어넘긴다.

공자께서 가라사대, 오십을 '지천명知天命'이라 했다. 하늘의 뜻을 알 나이라는 것이다. 오십대 중반에서도 하늘의 뜻을 모른다면 자신의 인생을 다시 돌아볼 필요가 있다. 콤플렉스를 극복하지 못하면 다른 사람의 마음을 다치게 한다. 도저히 극복할 수 없다면 외출할 때 냉장고에 보관해두고 나가시기 바란다.

당신의 지음을 위해

— 까칠할 나이 지난 거 아니니? 난 네가 B 친구니까 그냥 만났던 거야.

한 이틀 불편한 마음을 추스르다, 이건 풀고 가는 게 좋을 것 같아 전화를 했다. 네가 이러이러한 얘기를 해서 내 마음이 불편하다고. 그러면 A는 아무런 의도 없이 그렇게 말한 거니 마음을 다쳤다면 미안하다고 하면 그만인 일이었다.

그러나 돌아온 답은 평소에 나를 공격할 일만 생기면 가만두지 않겠다는 생각으로 벼르고 있었던 사람처럼 화를 내며, '안 보면 그만이지' 뭘 그런 걸 가지고 따지냐고 했다. 따지려는 게 아니라 내가 마음이 불편해서 풀려고 전화한 거라고 아무리 말을 해도 제 풀에 언성을 높이고는 '모임 너네들끼리 해', 하고는 전화를 끊어버렸다.

여고 동창 여섯 명이 모였다. 그 중 A가 내게 한 말이다. 그날 모임 때 이상하게 나를 쿡쿡 찌르는 말을 세 번이나 했다. A와 B는 나의 베스트 친구는 아니지만 여고 때부터 같은 반을 했고 일 년에 서너 번이기는 하지만 상당히 애정을 가지고 만나며 좋아하는 친구들이다. 친구. 그렇지 나는 분명 '친구'라고 생각했다. 생각해보면 B보다 A를 더 자주 봤다.

A를 와락 좋아하게 된 거는 어느 날 그녀가 자신의 마음을 내게 열어보였기 때문이다. 개인적인 아픔을 안다는 건 그녀 내면의 향기를 내가 맡을 수 있다는 뜻이다. 자주 만나지 않아도 A의 안부가 궁금하고 그녀가 그리운 것이다. 물론 나의 아픔도 그녀는 거의 알고 있었다.

그런데 막상 어떤 작은 복병을 만나게 되자, A의 진심을 알게 돼버렸다. 먼 길을 가봐야 그 말의 힘을 알 수 있고, 세월이 흘러야 그 사람의 마음을 알 수 있다고 하더니. '네가 B 친구니까 그냥 만났던 거야', 라는 말이 손톱 밑의 가시처럼 아팠다. 이틀 밤을 꼬박 잠들지 못했다.

물론 A는 다시 전화가 왔고, 마치 자기가 던진 돌에 맞은 내가 잘못이고, 그 돌을 맞은 후 아프다고 말한 내 잘못인 것처럼 말했다. 긴 변명을 들어야 했고, 까칠할 나이 지난 거 아니냐고 했고, 자주 보는 것도 아닌데 자신이 오버했나보다고, 마음 다쳤다면 사과한다고 했다. 표면적으로는 풀었다.

자신의 잘못을 곧바로 인정하지 못하는 사람은 대개 피해의식이 많다. 피해의식은 질투로 나타나고, 질투는 콤플렉스 일종이며, 그 콤플렉스를 극복하지 못한 경우, 자신의 잘못을 지적당하면 공격적인 성향으로 나타난다. A의 그런 모습도 마음 아프지만, 무엇보다 나 혼자 짝사랑하고 있었다는 아픔이 더 컸다.

사람들은 참 쉽게 누군가를 만나다가, 아니면 말고 식의 사고를 하고 있다는데 새삼 놀라고 있다. 이럴 때마다 난 이 세상의 이방인이 된 것처럼 낯설다.

— 외로워 인간들 속으로 들어갔더니 그곳에는 더한 외로움이 있었다.

중학교 때 읽은 헤르만 헤세의『황야의 늑대』에 나오는 말이다. 기억이 정확한지는 모르겠다. 오십 세가 넘으면서 나는 재경동창회도 나간다. A와 B는 동창회에는 나오지 않는다.

— 너 진짜 환골탈태했네. 동창회도 나오고.

나를 잘 아는 C가 말했다. 그녀는 여섯 명 중의 한 명이다. 그때 난 와락 C가 좋았다. 무리와 잘 섞이지 못하는 나를 안다는 것이 어찌나 반갑고 고맙든지.

— 잘난 척해봐야 고독밖에 안 남아서.

내가 답했다. C와 나는 눈을 마주보며 깔깔 웃었다. 친구란 상대를 안다는 것이고 상대를 안다는 것은 깊은 애정을 가지고 어떤 상황에서든 한편이 되는 것, 즉 '의리'가 있어야 한다는 말이다. 의리란 조폭들에게만 있는 게 아니다. 의리란 '변하지 않는 마음'이다. 그래서 우리는 마음과 시간을 내어 우의를 돈독히 하는 것이다.

동창회에서도 여전히 '황야의 늑대'처럼 외롭다. 그래도 간혹 C같이 나를 알아주는 벗을 만나기도 한다. '황야의 늑대'도 지척인 거리에 종족이 있다면 조금은 위안이 된다. '피었으므로, 진다'(이산하의 시 「산사기행」 중). 피었으니, 피어 있다가 지는 것이 인생이다. 피어 있는 동안 사람은 누구나 누군가를 만난다. 물론 내게도 '지음'에 갈음할 만한 친구가 다섯 손가락을 꼽을 만큼은 있다. 한 명만 있어도 성공인데 난 그만하면 부자인 셈이다.

지음知音, "소리를 알아듣는다"는 뜻이다. 다시 말해 자기의 속마음을 알아주는 친구를 이르는 말이다. 『열자列子』 「탕문편湯問篇」에 나온다. 이 말은 중국 춘추시대 거문고 명수 백아伯牙와 그의 친구 종자기鐘子期와의 우정에 관한 고사에서 비롯되었다.

백아가 높은 산을 오르는 마음으로 거문고를 타면, 종자기가 "참으로 근사하다. 눈앞에 높은 산이 선하다" 하고 말했다. 백아가 강물을 생각하며 거문고를 타면, 종자기가 "기가 막히는구나. 유유히 흐르는 강물이 눈앞을 지나가네" 하고 감탄을 했다. 종자기가 죽자 백아는 거문고를 부수고 다시는 거문고를 타지 않았다. 세상에 자신의 거문고 소리를 들어줄 사람이 없다고 생각했기 때문이다.

가끔 이 고사를 생각할 때면 백아에게는 종자기가 지음이지만, 종자기에게도 백아가 지음이었을까? 하는 의문이 들곤 했다. 그랬을 것이다. 종자기의 아픔과 슬픔, 외로움을 다 알아주는 친구가 백아였을 것이다. 그렇지 않았다면 그들의 관계는 엄청난 상처를 안고 어느 순간 깨져버렸을 터이다.

집단 혹은 무리 속에서 다른 생각이나 다른 목소리를 내면 사람들은 곧바로 별난 성격의 소유자로 분류한다. 그럼에도 불구하고 심복지우心腹之友, 마음이 맞는 극진한 벗이 서너 명은 된다. 필시 그 서너 명의 친구들에 자족하지 않고 욕심을 낸 탓일 게다. 그 지우들은 모두 멀리 떨어져 산다. 가까이 사는 친구를 만들어보려 했던 게 결국 상처로 끝나고 말았다.

비즈니스 관계는 오히려 쉬울 수 있다. 애정을 주지 않기 때문에 쿨하다. 관계가 틀어졌을 때는 굳이 풀려고 하지 않아도 된다. 오케이, 당신과의 인연은 여기까지, 라고 생각하며 털어버릴 수 있다. 그러나 대여섯 명이 만나는 동창 모임에서는 쉽지 않다. 친구가 아니고 그냥 만나는 사이라고 생각했다면 패싱이다. 그러나 친구라고 생각했기 때문에 사달이 난 거다. 한 쪽은 안 보면 그만이지, 왜 그깟 말로 따지냐고 하고, 한 쪽에선 엄청난 상처를 받게 된다.

지란지교芝蘭之交, 난초와 지초의 교제라는 뜻으로 벗 사이의 맑고도 고귀한 사귐을 이르는 말. 죽마고우竹馬故友, 대나무 말을 타고 놀던 벗이라는 뜻으로 어릴 때부터 같이 놀며 자란 벗. 문경지교刎頸之交, 서로를 위해서라면 목이 잘린다 해도 후회하지 않을 정도의 사이라는 뜻으로 생사를 같이할 수 있는 아주 가까운 친구를 이르는 말. 관포지교管鮑之交, 관중과 포숙의 사귐이란 뜻으로 우정이 아주 돈독한 친구 관계를 이르는 말. 금란지계金蘭之契, 쇠와 같이 굳고 난초와 같이 향기로운 사귐이란 뜻으로 견고한 벗 사이의 우정을 이르는 말. 막역지우莫逆之友, 서로 거스름이 없는 친구라는 뜻으로 허물없이 아주 친한 친구를 이르는 말. 수어지교水魚之交, 물과 고기의 사귐이란 뜻으로 서로 떨어질 수 없는 사이를 일컫는 말. 단금지교斷金之交, 쇠라도 자를 만큼 강한 교분이라는 뜻으로 매우 두터운 우정을 이르는 말. 망형지교忘形之交, 신분 지위 학벌에 구애받지 않고 친하게 사귐을 뜻하는 말.

모두 친구 사이의 두텁고 단단한 우정을 일컫는 고사성어들이다. 하나하나의 고사에 얽힌 이야기는 한결같이 가슴 찡하고 눈앞이 붉어지는 히스토리들이 있다. 그 어느 고사에도 일방적인 짝사랑은 없다. 그러므로 우정이란 서로를 향할 때만이 성립된다. 짝사랑은 있어도 짝우정이란 없다.

그리고 지음知音. 난 이 말이 제일 좋다. 당신의 지음을 위해, 건배!

그리움의 맛

고향을 떠나보지 않은 사람은 절대 모르는 게 하나 있다는 걸 알았다. 바로 음식이다. 물론 외국에 산다면 당연히 김치일 것이다.

— 김치찌개와 김치볶음밥이지요.

언젠가 아들에게 너는 우리 집밥의 소울푸드는 뭐냐고 물었더니 돌아온 답이다. 김치찌개와 김치볶음밥은 절대 배신하는 법이 없다. 단 조건이 있었다. 반드시 '엄마표 신김치'여야 되고 약한 불에 30분 이상 푹 끓여야 한다는 것이다.

오랜만에 고향엘 가기 위해 기차표를 예매했다. 세상이 좋아져서 SRT 고속열차를 타고 가면 한 시간 반이면 도착한다. 오후 2시 기차를 끊고 돌아오는 기차는 9시 걸 예매했다.

친구 두 명이 역으로 마중나올 것이다. 그들을 만나 팔공산을 드라이브하고 좋은 찻집에서 차를 마시고 수다를 떨다, 이른 저녁을 먹고 올라와도 서울 도착하면 10시 반밖에 되지 않는다. 인사동 나갔다오는 시간이면 충분히 가능했다.

문제는 저녁 메뉴였다. 난 대구를 내려가면 먹는 음식이 딱 두 종류가 있다. 서울에서는 결코 먹을 수 없는 음식이다. 육사시미와 막창이다. 다 술 안주다. 친구 둘 다 좋아하는 음식이다. 육사시미는 일명 '뭉티기'라고 한다. 서울에서는 거의 먹지 않는다. 여기서 막창은 돼지곱창을 말한다. 어쩌다 서울에서는 곱창을 한번도 먹어본 적이 없다.

육사시미는 들안길의 식당 '송학구이'에서만 먹고, 막창은 수성못가의 식당 '아리조나'에서만 먹었다. 생각해보면 육사시미를 처음으로 먹어본 곳이 들안길의 '송학구이'에서다. 회는 날것으로 먹지만, 쇠고기를 날것으로 먹어보진 않았다. 기껏 육회 정도였다.

20여 년 전 처음으로 육사시미를 먹어본 나는, 세상에 이런 맛도 있구나 싶었다. 거의 일주일에 한번씩 내려간 적이 있다. '오타쿠' 형이라 한번 꽂히면 물불 안 가리는 '편집증'을 보이곤 했다.

이게 내 삶의 원형인 것 같다. 사랑도 이렇게 했고, 우정도 이렇게 했고, 글도 이렇게 썼고, 아들도 이렇게 키웠고, 명리학 공부도 이렇게 했다. 첫사랑과 결혼했고, 한번 맺은 우정은 평생을 갔고, 미친 듯이 장편소설들을 써냈으며, 아들이 걸음마를 하기 전까지는 두문불출 아들만 보았고, 현재 역학연구원을 하고 있다.

문득 정신을 차렸을 때는 후회를 하기도 하고 안 하기도 했지만, 늘 마음은 상처투성인 채로 아팠다. 그럼에도 불구하고 손톱만큼씩 내 영혼이 성숙해지고 있음을 안다.

— 엄마는 자기 인생 뜨겁게 사느라 아들이 뭣에 관심이 있는지 모르잖아요.

사춘기 아들의 이 한마디 때문에 삼수를 할 때까지 '운짱'을 했다.

서울에서 제법 유명한 식당에서 육사시미를 먹어봤는데 아니었다. 그건 내가 처음 육사시미를 먹을 때 찍어먹은 '양념장'과 달랐기 때문이다.

가끔 대구를 내려가면 친구들은 송학구이보다 더 맛있는 집이 있다며 경산으로, 자인으로, 동촌으로 데려갔지만 내 입맛에는 송학구이 육사시미가 제일 맛있었다.

막창도 마찬가지. 3초마다 번뇌에 시달리던 푸르른 시절, 거푸 두 잔의 찬 소주를 허기진 위장에 들어넣고, 숯불에 자글자글 굽히고 있는 노르스름한 막창을 된장과 가는 파와 풋고추를 다져넣고 만든 '소스'에 찍어먹은 나는, 어? 세상에 이런 맛도 있구나 싶었다. 그 전에는 한번도 곱창을 먹어본 적이 없다. 지금도 대구 내려가서 수성못가의 '아리조나' 막창 아니고는 곱창을 먹지 않는다.

당연히 '송학구이'에서 육사시미를 먹는 줄 알았다. 근데 한 친구가 지병이 있는데 의사가 쇠고기를 먹지 말라고 했다는 것이다. 쇠고기를 먹지 말라고 한 건 쇠고기기름이 몸 밖으로 배출이 되지 않기 때문일 것이다. 그러나 육사시미는 기름기가 전혀 없다.

그럼 '아리조나'에서 막창을 먹자고 했다. 그러자 그 친구는 '아리조나'보다 더 맛있는 집이 많다며 다른 식당에 가길 원했다. 나는 꼭 '아리조나'에 가고 싶다고 말했다. 그러자 원래 가기로 했던 '송학구이'에서 저녁을 먹는 걸로 일단락되었다. '송학구이'에서 육사시미를 시키면 간과 천엽, 샐러드와 초밥, 생선구이와 새우튀김, 크게 썰어 오래 끓인 무국과 미나리무침, 고구마 맛탕 등 따라나오는 음식이 많았다.

저녁 설거지를 하며 나는 왜 굳이 육사시미는 '송학구이'에서 먹어야 하고, 막창은 '아리조나'에서 먹어야 하는가에 대해 생각했다.

결국 음식의 맛은 '그리움의 맛'이다. 첫사랑처럼 처음 먹어볼 때의 그 첫 맛, 첫 인식이 뇌리에 박혀 고향을 떠나 있어도 늘 그 맛이 그리운 것이다. 다른 집의 육사시미와 막창이 맛이 없다고 느껴지는 건 그 양념장과 소스의 맛이 아니기 때문이다. 사실 고기와 막창의 맛은 거기서 거기다. 결국 그 식당의 독특한 양념장과 소스가 맛을 좌우한다. 처음 그 양념장과 소스에 육사시미와 막창을 찍어먹은 이후, '그 맛'은 화인처럼 뇌의 지문에 인식된 것이다. 누구나 자기 어머니의 된장찌개가 가장 맛있듯이 말이다.

그러나 고향을 떠나지 않고 계속 한 도시에서 살면서 더 맛있게 한다는 새로운 집을 찾아다닌 친구들은 내가 왜 굳이'송학구이'와 '아리조나'를 고집하는지 이해하지 못했다. '그 맛'이 왜 그리운지 모른다. '그 맛'보다 더 맛있는 집이 많다고 우겼다.

고향을 떠나보지 않은 사람은 인생에서 딱 두 가지를 모르고 사는 것 같다. 하나는 '언제나 돌아갈 수 있는 곳'이 있다고 생각하는 것이다. 한번 고향을 떠난 사람은 결코, 다시는 고향으로 돌아갈 수 없다는 걸 안다. 그러나 '언제나 돌아갈 수 있는 곳'이 있다고 믿으며 산다. 고향이란 내 육체의 일부인 '태'가 묻혀 있는 곳이다. 그러나 고향을 떠나보지 않은 사람들은 '언제나 돌아갈 수 있는 곳'이 없다. 다른 하나는 '그리움의 맛'이다. 그들은 언제나, 늘 새로운 맛집을 찾아갈 뿐이다.

어느 겨울날, 마들렌과 보리수꽃차를 마시며 과거를 회상하는 소설이 있다. 마르셀 프루스트의『잃어버린 시간을 찾아서』이다. 그 마들렌은 옛날 할머니가 구워주던 마들렌 맛은 아닐 것이다. 그러나 마르셀 프루스트는 그 '그리운 맛'을 매개로 독자가 지쳐 나자빠질 정도의 방대한 소설을 썼다.

여행을 하다보면 명소와 풍경은 모두 잊어버리는데, 맛있는 음식을 먹은 곳은 기억에 남아 있다. 오래 전 파리 몽마르트 언덕에서 튀긴 감자와 닭고기를 넣은 팔뚝만한 바게트를 먹은 걸 잊지 못한다. 그 바게트를 먹기 위해 파리 몽마르트 언덕엘 가고 싶다.

또한 독일 뒤셀도르프의 어느 벼룩시장에서 먹은 겨자 소스를 얹은 부어스트를 잊지 못한다. 배가 몹시 고플 때면 독일 맥주와 그 부어스트가 먹고 싶다. 얼마 전부터 마트에 부어스트 소시지를 팔았다. 그러나 그 맛은 아니었다. 아마 지금도 뒤셀도르프 벼룩시장에 가면 숯불에 구운 '부어스트'를 팔 것이다.

스위스에서 먹은, 이탈리아 치즈 고르곤졸라. 베트남 길거리에서 사먹은 갓 구운 바게트와 에스프레소 커피. 무덥던 5월, 나무그늘 하나 없는 중국 자금성을 둘러보고 나왔을 때 사먹은 싸구려 아이스케키. 부산 자갈치시장 어귀의 붕어빵. 삼천포시장에서 서서 먹은 갑오징어. 비 오는 날 설악산 밑에서 먹은 감자전. 강릉의 메밀막국수와 메일전병. 일본의 어느 특급호텔에서 버터에 구워, 철갑상어 알인 캐비어를 발라먹은 식빵. 중국 서안에서 먹은 빵빵면. 대만에서 먹은 민물고기조림. 홍콩에서 먹은 인도 음식, 커리와 난(어쩌다 인도 전문음식점에 가게 되었다). 중국 청도에서 먹은 양꼬치. 싱가포르 뒷골목에서 먹은 열대 과일.

그곳에 다시 가고 싶은 건 '그 맛' 때문이다.

파프리카와 미나리와 훈제연어를 맨 김에 싸서 먹는 건, 외국으로 이민을 가버린 후배와만 먹었다. 그 후배가 떠난 후 한번도 훈제연어를 김에 싸먹지 않았다.

하여, 음식이란 시간에 대한 '그리움의 맛'인 것이다.

굿바이, 아미르!

인도네시아 술라웨시 섬에 7.5의 강진과 대형 쓰나미(2018년 9월 28일)로 인해 1,400여 명(10월 4일)이 숨지고 수십만 명의 이재민이 발생했다. 아비규환이 따로 없다. 사망자 수는 더 늘어날 것이다. 새벽 2시에 겨우 잠이 들었는데 새벽 5시에 깨어나 조간신문을 보다, 나는 10만 원을 대한적십자사 계좌로 송금했다. 인도네시아 돈으로 134만 루피아 정도 된다. 이런 기사를 볼 때마다 나의 가난이 싫다. 이럴 때마다 최소한 백만 원씩 척척 보낼 수 있는 여유가 있으면 얼마나 좋을까.

부끄러운 고백이지만 다른 나라에 재난이 닥쳤을 때 성금을 보내긴 처음이다. 가끔 성당 신축 기금마련에 성금을 보내거나, 야심한 밤 텔레비전에 나오는 어려운 이웃의 사연을 보며 전화 ARS로 소액의 성금을 보내는 게 나의 적선의 한계였다. 또 있기는 하다. 물건 값을 깎지 않는다거나 술집이나 음식점에 망개떡이나 껌을 팔러오는 사람에게 반드시 팔아주거나, 스님이 오면 꼭 빈손으로 보내지 않는다는 원칙을 지키려 애쓴다. 그저 모든 서민이 할 수 있는 정도인 것이다.

그런데 인도네시아에 성금을 보낸 건 '아미르'라는 키 작은 한 사람이 떠올랐기 때문이다. 인도네시아를 다녀온 지 채 보름도 되지 않았다. 어느 나라 어느 도시가 그립다거나, 기억에 남는 건 그곳에 사람이 있기 때문이다. 아미르는 인도네시아 바탐 섬을 여행했을 때 우리 일행의 가이드였다. 그는 한국에 한번도 가본 적이 없고 한글을 쓸 줄도 모른다고 했다. 그런데 그는 한국어로 고급한 농담까지 할 줄 알았다.

바탐 섬이 고향이고 대학 때는 데모를 하다가 무료 호텔(감방)에도 다녀왔다고 했다. 42세. 아이가 셋인 그는 키가 작아(160센티미터) 군에도 못 갔다고 한다. 165센티미터는 돼야 군에 갈 수 있다고. 몸무게는 40킬로나 나갈까 싶게 왜소했다. 그러나 그의 눈빛은 선량했고, 정직했고, 검은 별처럼 반짝였고, 아낌없이 웃는 모습이 아름다웠고 웃음소리가 맑았다.

한글을 볼 줄도 쓸 줄도 모르는 까막눈이면서 어쩜 그렇게 한국말을 잘하는지. 외국어를 잘한다는 건 그 나라의 문화적 정서를 안다는 말이다. 한국에 한번도 가본 적이 없다는 아미르는 우리나라의 술집문화인 1차, 2차부터 노래방까지 다 꿰고 있었다. 한국말을 배운 지 5년 됐다고 했다.

싱가포르에서 50여 분 페리호를 타고 인도네시아 바탐 섬에 도착할 때쯤 노을이 지고 있었다. 언제나 그렇듯 저녁노을은 장엄했다. 참으로 오랜만에 하늘을 온통 오렌지 빛으로 물들이며 수평선(인도양) 너머로 지는 해를 보았다. 적도 부근의 나라. 우리나라보다 두 시간이 느린 나라. 수교 45주년인 나라. 1만6천여 개 섬으로 이루어진 나라. 인구 2억6천만 명, 세계 4위인 나라. GDP(국내총생산)가 1조749억 달러인 나라(세계 16위). 우리나라 GDP는 1조6천억 달러, 세계 12위다.

왜 해가 지는 모습은 늘 우리를 침묵하게 하고 숙연하게 만드는 걸까. 다시는 만날 수 없는 시간과의 이별 때문일까. 이별의 마지막 뒷모습이 너무 아름답기 때문일까. 아름다움은 공기처럼 스며들어 우리의 심연에 존재하는 눈물을 퍼올린다. 눈물은 인간을 정화시키는 기능이 있다. 가끔 아름다운 풍경이나 예술작품이나 영화를 볼 때, 혹은 음악을 들으며 운전을 하다 느닷없는 어느 순간, 하염없이 눈물이 날 때가 있다. 그럴 때 실컷 울고 나면 별안간 배가 고파지면서 밥이 먹고 싶어진다. 우울하던 마음이 사라지고, 살고 싶어지는 것이다. 눈물은 더럽혀진 우리의 마음을 씻어주는 명약이다. 사람은 가끔 울어야 오래 산다.

장엄한 노을을 바라보며, 울컥울컥 눈물을 토해내며 내린 인도네시아 바탐 섬. 그러나 싱가포르에서의 그 깨끗하던 거리와 공기는 간 데 없고, 지저분한 주차장과 매연과 소음이 펼쳐졌다. 마치 타임머신을 타고 3,40년 전으로 돌아간 것 같았다.

—아, 이 기시감은 뭐지?

차창으로 보이는 거리는 십여 년 전 베트남 호치민에 갔을 때 모습과 흡사했다. 특히 오토바이 행렬이 끝도 없는 게 그랬다. 오토바이를 모는 남자와 여자 사이에는 어김없이 아이가 앉아 있었다. 이슬람교도가 많은 그들은 어린 여자아이도 히잡을 쓰고 있었다. 약간 겁먹은 듯한 그들의 눈은 선했다. 어느 순간 서울은 어린아이를 보기 힘든 도시로 변해가는데 비해 그곳은 엄마 아빠 사이에 반드시 아이가 끼여 앉아 있는 게 인상적이었다.

인도네시아로 입국할 때는 '사바사바'가 통해 우리 일행은 선착장 입국심사대의 긴 줄을 서지 않고 바로 다른 게이트로 통과했다. 그러나 싱가포르로 입국할 때는 편법이 통하지 않아 한 시간 가까이 긴 줄을 서서 기다려야 했다. 아직도 그만큼 인도네시아는 어두운

구석이 있다는 말이다. 반대로 싱가포르는 얼마 전 서거한 리콴유 총리가 정치인과 공직자들의 비리를 강력히 처벌하는 정책을 편 덕에 금융과 물류의 청렴한 도시국가가 되었다.

다음 날 원주민 마을에 갈 때였다. 아미르는 절대 아이들에게 돈을 주지 말라고 했다. 돈을 주면 아이들은 그 다음 날부터 학교를 가지 않고 관광객들에게 손을 내민다고 했다. 그럼 그들의 앞날을 망치게 되니 절대로 돈을 주지 말라고 했다. 연필이나 볼펜은 줘도 된다고 했다. 연필이나 볼펜은 귀하기 때문에 그 필기도구를 가지고 공부하는 걸 자랑스러워해서 공부를 열심히 한다는 것이다. 그 말을 할 때 아미르는 매우 진지했다.

— 이곳은 원주민들의 오페라하우스. 한국으로 치면 예술의 전당 또는 세종문화회관입니다.

그는 마치 서울에서 한 삼십 년은 산 듯이 말했다. 야자나무로 가득한 원주민 마을에 전국노래자랑의 가설무대보다 작은 무대가 설치되어 있었다. 지붕은 야자수 잎으로 덮여 있다. 우리는 전통무용을 감상하기 위해 긴 의자에 앉았다. 음악이 흐르고 스무 살 안팎의 앳되고 예쁜 아가씨들이 나와 전통춤을 추었다.

그 무대 옆 바깥쪽 땡볕에는 대여섯 살쯤 된 원주민 계집아이들이 무대 위의 언니들이 하는 춤동작을 보며 따라하고 있었다. 그 계집

아이들은 자라 또 저렇게 무대 위에서 전통춤을 출 것이다. 그건 그들의 삶의 형식이다. 나는 무대 위의 춤보다 그 꼬마들의 무용에 웃음을 감추지 못했다.

— 저는 4개 국어를 합니다.

아미르는 인도네시아어, 말레시아어, 영어, 한국어를 한다고 했다.

— 하나의 언어만 더 배우면 정치를 할 것입니다.

그는 잠시 뜸을 들였다.

— 거짓말!

이게 무슨 소린가 하고 나는 아미르를 쳐다보았다.

— 거짓말 하나만 더 배우면 정치를 할 겁니다.

나는 깜짝 놀랐다. 유창한 한국말로 저런 유머까지 할 줄 알다니. 너무 능청스럽게 말해 잠시 아무도 웃지 않았다. 그는 정말 언젠가 인도네시아의 정치인이 되어 있을지도 모르겠다는 생각을 잠시 했다. 그는 인도네시아의 정치 얘기는 하지 않았지만 한반도의 불안한 정세를 잘 알고 있었다.

여행은 다시 돌아오는 데 핵심이 있다. 그러나 우리의 삶은 돌아갈 수 없으니, 여행이 아니라 영원한 길 위의 나그네거나, 귀양살이거나 혹은 망명객인 셈이다. 여행을 다녀오면 늘 그곳의 풍경과 커피 맛과 어느 거리의 음식 맛만을 기억했다. 수많은 여행을 다녔지만 가이드를 기억하긴 처음이다. 그런 그가 있는 인도네시아에 지진과 쓰나미가 덮쳤다. 물론 바탐 섬은 아니다. 케이 자처럼 생긴 술라웨시 섬이다. 살아생전 다시는 만나지 못할, 스쳐지나가는 인연이지만 그의 조국 인도네시아가 불행한 일을 당했다니 마음이 아프다. 외국의 누군가가 내가 사는 한반도의 핵전쟁을 걱정하듯이 말이다.

아미르, 무탈하시지요? 멀리서나마 재해로 인해 숨진 이들의 명복을 빌며 하루 빨리 그대의 조국이 평온하길 빌겠습니다. 부디 그대의 앞날이 창대하길 바랍니다.

굿바이, 아미르!

거위의 꿈

—너도 돈 있어봐라, 안 그렇지.

가끔 대학동창이 내게 한 이 대사 한마디가 화두처럼 뇌리에 박혀 있다. 난 과연 돈이 많으면 무엇을 할 것인가.

대학동창 세 명이 비교적 친하게 지내고 있었다. 나만 빼고 두 명은 쇼핑을 엄청 좋아했다. 나와 취향이 잘 맞지는 않았지만 딸도 없고 여형제도 없는 나는, 노년을 외롭게 지내지 않으려면 친구를 사귀어놔야 한다는 '미신'에 사로잡혀 있었다.

만나기만 하면 쇼핑하는 얘기를 주로 했다. A의 남편은 대기업 임원이고 B의 남편은 공무원이었다. A와 B는 취향이 비슷해서 눈만 뜨면 백화점을 제 집 드나들듯 드나들었다. 여자들이 돈을 써야 경제가 돌아가는 건 맞는다. 또한 조금 더 차려입는 게 조금 덜 차려입는 것보다 호감과 신뢰감을 주는 것도 맞는다. 그러나 자기 삶의 가치기준은 없고, 늘 남과 비교하며, 늘 남의 눈에 비친 외모만 의식하는 삶이란 너무 궁색하지 않을까. 스스로 명품이 되려고 노력해야지, 명품을 걸친다고 인간이 명품이 되지는 않는다. 그래도 취향의 문제려니 생각했다.

— 아직도 그렇게 사고 싶은 게 많아?

어느 날 하도 쇼핑하는 이야기를 길게 하길래, 내가 그렇게 한마디 했다.

— 너도 돈 있어봐라, 안 그렇지.

B가 내게 한 말이다.

난 돈이 없어 쇼핑을 하지 않는가. 아니다. 하고 싶은 게 별반 없기 때문에 하지 않을 뿐이다. 그렇게 말한 B의 심정이 이해는 된다. B는 어머니가 일찍 돌아가시고 계모 밑에서 자랐으며, 결혼해서는 남편이 오랜 동안 아프다가 오십 초반에 떠났다. 어쩜 B의 인생에서 지금이 전성기인지도 모른다.

〈어쩌다 어른〉이라는 텔레비전 프로에 나온 어느 교수의 말이 생각난다.

— 여자들은 원하는 걸 하지 못하면 원한이 생깁니다. 원한이 맺히면 구천을 떠돌게 되지요. 그 구천이 어디냐? 백화점입니다. 백화

점을 떠돌고, 떠돌고, 떠돕니다. 원한이 풀릴 때까지.

B는 백화점에서 자신이 사고 싶은 옷이나 신발이 너무 고가高價여서 못 사면 외롭고 우울하다고 말한 적이 있다. 그녀는 남편이 떠나고 공무원 연금의 70%를 받고, 자신이 아르바이트를 해서 번 돈으로 딸 둘과 생활했다. 그녀 인생에서 제일 여유로운지는 알 수 없으나, 그리 넉넉한 형편은 아닌 듯했다.

나는 얼마든지 이해가 되었다. 그렇게 쇼핑이라도 하지 않으면 그녀는 우울증에 걸릴지도 모른다. 포유동물은 옥시토신Oxytocin이라는 호르몬을 분비한다. 어원은 그리스어로 '일찍 태어나다'라는 의미로 자궁수축 호르몬이라고도 한다. 이 호르몬은 진통을 유발하고 분만을 쉽게 이루어지게 하며 젖의 분비를 촉진시켜 수유를 준비하는 호르몬이다.

그러나 이 호르몬은 사랑을 할 때도 분비된다. 연인의 사랑이나, 부부의 사랑이나, 부모자식의 사랑이나, 반려동물과의 사랑이나, 동료와의 사랑이나, 박애주의자의 사랑이나, 적선을 할 때의 사랑이나, 봉사를 할 때의 사랑이나, 어떤 형태의 사랑이든 사랑을 할 때면 옥시토신이 분비되어 쾌락과 행복감을 높여준다. 따라서 옥시토신은 불안과 공포와 스트레스와 우울증을 줄여주는 효과가 있다.

여자들이 새 옷을 사며 거울에 비친 자신의 모습이 아름답다고 생각하는 나르시시즘Narcissism(자기애)에 빠질 때도 옥시토신이 분비된다. 말하자면 자기 자신을 사랑할 때도 옥시토신이 분비되는 것이다. 우울한 여자들이 쇼핑중독에 빠지기 쉬운 이유다.

먹이 걱정 없이 허공의 둥지에 터를 잡고 사는 '강남여자'들은 어디에 마음을 걸고 살까. 남편 혹은 자식, 아니면 부동산투기에 혹은 자신의 얼굴이나 몸에 투자하거나 명품 따위에 혼을 빼앗기며 살아가기 십상이다. 물론 종교활동이나 봉사활동에 목숨 거는 이들도 있다. 그들이 특별히 숭고하다고는 생각하지 않는다. 그들이 우월감을 가지는 것은 봉사 좀 한답시고 교만한 마음이 깃들기 때문이다.

남편에게 온통 제 인생을 거는 여자. 남편의 배에 동승했다고 굳게 믿는 여자. 그게 동반자라고 생각하는 여자. 그런 여자에게는 자신의 배는 없다. 그런 여자는 대개 불행하다. 남편을 부속물처럼 여기거나 자신을 종처럼 여긴다. 일심동체란 사악한 미신이다. 동반자란 각자의 배를 타고 같은 강물 위를 벗해서 간다는 말이다. 결혼서약이 노비문서를 주고받은 걸로 착각한다면 그 부부는 재수 옴붙은 거다.

자식에게 온통 제 인생을 거는 여자 또한 불행하기는 마찬가지다. 결혼까지 한 자식을 일일이 간섭하는 바람에 아들은 '마마보이'가 되고, 엄마 사주를 받는 딸은 젊은 나이에 세상을 다 산 마녀처럼 남편의 등골을 뺄 생각만 한다. 그런 여자와 결혼했다면 그 남자는 똥 밟은 거다.

부동산투기에 혼을 빼고 사는 여자 당연히 불행하다. 그들은 끊임없이 소금물을 들이키는 아귀들 같다. 50이 넘으면 얼굴도 그렇게 변해 있다. 탐욕이 볼살에 붙어 사창가의 포주 같다. 죽을 때까지 '돈, 돈' 하다 간다. 많이 벌어놓고 조금 일찍 왔던 곳으로 돌아가준다면 '멋진 년'이 된다.

자신의 얼굴이나 몸뚱이에 혼을 팔고 사는 여자 엄청 불행하다. 병이다. 천날만날 거울만 들여다보고 있다. 거울아, 거울아, 이 세상에서 누가 제일 예쁘니? 아마 백설공주 계모가 지금 시대에 태어났다면 이 유형에 속할 것이다. 성형외과 문턱 다 닳을까 겁난다. 그런 여자들은 '자존'이라는 단어를 모른다. 스스로의 존엄성에 대해 한번도 생각해본 적이 없다.

명품에 혼을 빼고 사는 여자 역시 불쌍하다. 심하지 않으면 귀엽게 봐줄 수도 있는데 심하면 이것도 병이다. 인생의 주객이 전도되는 걸 알지 못하기 때문이다. 자신의 삶의 주인은 '자기'라는 걸 모른다. 그녀의 주인은 명품이다. 명품을 쫓아가는 하녀로 평생 살다 죽는다.

늘 남편 자랑과 자식 자랑, 주변의 번지르르한 지위와 권력을 가진 사람들을 입에 올리며, 조용조용 '엘레강스'하게 말하는 여자들을 보면 전혀 아픔이 없어 보인다. 그녀들은 혼자 있을 때 잠시 쓸쓸하거나 외롭다는 생각이 들라치면 마치 불행이라도 만난 듯 화들짝 놀라 그런 생각을 떨쳐낸다. 그녀들은 존재를 응시할 틈도 없이 모르핀을 맞듯 스스로를 세뇌시킨다. 난 복 많은 여자라고. 그녀들은 쓸쓸하거나 외롭다고 생각하면 큰일나는 줄 안다. 인간이 외로워 보지 않고 어찌 타인을 사랑할 수 있단 말인가. 아픔이 없는 듯이 구는 위선적인 여자는 누군가의 끈에 놀아나는 목각인형 '마리오네트' 같다. 아픔이란 인간의 향기와 같다. 인간의 향기가 없는 사람은 그립지도 않고, 두 번 다시 만나고 싶지도 않다.

— 예수를 믿으세요! 예수를 믿으세요! 예수 믿고 천당 가세요!

거리에서 외치고 다니는 여인을 보면 부럽다. 어딘가에 미칠 수 있다는 건 분명 은총이다. 나는 종교활동에도, 봉사활동에도, 남편에게도, 자식에게도, 외모에도, 명품에도 마음을 걸지 못했다. 오직 명작을 쓰고 싶은 욕심과 책을 출간할 때마다 유명해지지 않아 외롭고 쓸쓸하고 우울했다. 얼마나 이기적인 욕망인가. 허나, 이 나이가 되니 그 또한 다 부질없다는 생각이 들어, 내려놓게 된다. 그러나 글을 쓰고 있을 때만은 행복하다. 모든 여자들은 나름대로 시간을 견디는 방법을 선택했을 뿐이라는 생각이 든다. 그 선택을 행行하고 있을 때만큼은 옥시토신이 분비되었을 것이다. 나 또한 마찬가지.

다시 돌아가자. 난 정말 돈이 많으면 무엇을 할 것인가. 하고 싶은 건 별로 없다. 돌아보면 내 또래 사람들의 평균치 이상으로 많은 혜택을 누리고 살았다고 할 수 있다. 이제 내겐 '나누는 일'만 남은 것 같다.

오래 전 이태석 신부(1962~2010)의 이야기, 〈울지마 톤즈〉 다큐멘터리를 보고 얼마나 울었는지. 의과대학을 졸업한 사제로 아프리카 수단에서 병원과 학교를 설립하여 원주민을 위해 일생을 헌신했다.

결혼도 하지 않고 평생을 외국인 노동자를 위한 의료활동을 하는 어느 여의사의 기사를 본 적이 있다. 그때도 속절없는 울음이 터져 오래도록 얼굴을 가렸다.

이렇게 숭고한 삶을 사는 사람도 있는데, 난 그동안 나만 위한 삶을 살면서도 늘 더 풍요롭기를 원했다니. 부끄럽고 부끄러워 눈물이 난다. 다음 생에 태어나면 의사가 되어 아픈 이를 돕고 싶고, 내게 돈이 많아진다면 아프리카에 학교와 병원을 지어주고 싶다. 이런 희망사항은 초등학교 '장래희망' 칸에 적는 것 아닌가. 아, 난 아직도 꿈이 있구나.

제3부

오이디푸스, 헤라의 저주

조조의 눈물

조조는 '삼국지'에 나오는 영웅이다. 『삼국지』는 진나라의 진수(233~297)가 편찬한 중국의 위魏, 촉蜀, 오吳 세 나라의 역사서이다. 이 역사서를 바탕으로 14세기에 나관중이 장회소설의 형식으로 쓴 장편 역사소설이 『삼국지연의三國志演義』이다. 우리가 흔히 말하는 『삼국지』는 이 『삼국지연의』를 말한다.

『삼국지』를 세 번 이상 읽지 않은 사람과는 세상을 논하지 마라.

이 말을 나는 도대체 언제 들었던가. 그러거나 말거나 『삼국지』를 읽지 않았다. 『삼국지』 아니라도 읽을 책은 넘치고 넘쳤다. 그러다가 2002년 민음사에서 이문열의 『삼국지』가 출간되었다. 일단 사야 한다. 솔직히 고백하면 난 그 책을 읽긴 읽었지만 책을 손에 놓는 순간 다 까먹었다. 유비, 관우, 장비의 도원결의 정도가 생각나고, 위, 촉, 오나라의 싸움이라는 것도 생각나고, 조조가 진궁을 참수하고 눈물을 보였다는 것과 하루에 천 리를 간다는 적토마와 여포와 초선의 사랑과 주유의 아내 소교 정도가 기억에 남아 있었다. 수많은 인물과 지명과 지략들은 생각나지 않았다.

그러다 우연히 아들이 고속도로 휴게소에서 사온 엄청 두꺼운 한 권짜리 『삼국지』를 읽게 되었다. 별안간 『삼국지』를 다시 읽어야겠다는 열의가 불타올랐다. 그러나 요즘 시력이 날로 나빠져 독서량이 현저히 줄어들었다. 책을 보다 쉬고 싶으면 영화를 검색해서 보곤 했다. 그러다 중국 CCTV에서 방영된 드라마 〈삼국지〉가 있는 걸 발견했다. 2010년에 만든 거였다.

드라마 〈삼국지〉가 얼마나 원본에 충실했느냐는 상관없다. 수많은 작가들이 나름대로 각색하고 번역해서 만화도 만들고, 영화도 만들고, 컴퓨터게임도 만들지 않았는가. 내가 여기서 말하고 싶은 것은 드라마 〈삼국지〉 이야기다. 드라마란 인물 캐스팅이 성패를 좌우한다고 본다. 연출자는 PD면서 영화감독인 '가오시시'다. 그의 기가 막힌 인물 캐스팅에 탄복하지 않을 수가 없다. 마치 그가 관상을 보고 캐스팅을 한 것처럼 〈삼국지〉의 인물들이 바로 그 배우인 줄 착각할 정도였다. 미스 캐스팅은 감정이입을 방해한다.

『삼국지』의 스토리는 간단하다. 184년 한나라의 조정이 부패하자 황건적의 난이 발생한다. 이에 조정(천자를 끼고 동탁이 모든 권력을 장악)에서 관군을 파견하는 한편 천하의 호걸들이 모여 난을 평정한다. 관군들 속에 조조가 있고, 의병들 속에 도원결의를 한 의형제 유비, 관우, 장비가 있다. 난은 평정되었지만 천하의 제후들이 패권다툼을 벌이는 이야기이다. 유비는 의형제인 관우와 장비가 있는데다 인의로 조자룡을 얻고, 삼고초려三顧草廬로 제갈공명을 얻음으로 문무文武, 양 날개를 다 가지게 된다. 유비는 제갈공명을 얻은 것을 물고기가 물을 만난, 수어지교水魚之交에 비유했다.

제갈공명에 의해 천하는 위(조조), 촉(유비), 오(손권)의 삼분지계三分之計로 세력이 형성된다. 이 세 나라가 서로 천하를 통일하려고 온갖 권모술수와 지략을 겨루는 전쟁 이야기이다. 그 속에 수많은 인간 유형의 영웅호걸들이 명멸한다. 드라마 〈삼국지〉는 단연 조조가 주인공이다. 물론 제갈공명의 압승이다.

조조에게도 순욱과 정욱 같은 책사가 있었지만 조조 스스로가 뛰어난 정치가며, 비범한 책략가며 문장가였다. 반면에 유비에게는 하늘이 내린 천 년에 한번 날까 한 인물 제갈공명이 있었으며, 손권에게는 노숙과 주유가 있었다. 그래서 〈삼국지〉는 조조가 일당백을 상대하는 것 같다. 모든 제후들과 영웅호걸들이 조조와 싸운다. 그러나 조조는 천자天子를 끼고 천하를 호령한다. 적벽대전에서 촉오연

합에 크게 패한 거 외는 늘 승기勝氣를 잡고 있었다.

조조가 간웅奸雄으로 회자되고 유비가 의로운 인물로 후대들에게 기억되는 것은, 나관중이 촉한蜀漢정통론의 시각으로 썼기 때문이다. 유비는 한 황실의 종친이다. 그러니 그가 한의 적통이고, 조조가 간웅으로 인식되는 것이다. 그러나 이미 한왕조의 운명은 벌써 끝나 있었다.

조조로 분한 배우 젠빈천은 조조의 현신 같다. 어디 조조뿐이겠는가. 유비로 분한 위허웨이는 유비의 현신 같고, 관우로 분한 우영광은 관우의 현신 같고, 장비로 분한 캉카이는 그냥 장비다. 특히 제갈공명으로 분한 루이의 캐스팅은 탁월하다. 수많은 영화의 제갈공명으로 분한 어떤 배우보다 루이가 가장 제갈공명다웠다. 윤관를 쓴 그의 눈빛과 목소리와 거위부채를 든 몸가짐과 걸음걸이와 의상까지 눈부실 지경이다. 그 전란 속에서도 제갈공명은 늘 흰 색에 가까운 옷을 입었다. 이 드라마 〈삼국지〉의 성공은 캐스팅에 있다.

작년 5월부터 보기 시작한 95회분 〈삼국지〉를 세 번 봤다. 몰아서 보는 날도 있고 못 보는 날도 있었다. 처음 볼 때는 스토리 쫓아가기에 바빴고, 두 번째는 인물 파악하기 바빴다. 첫 번째와 두 번째 볼 때는 거실 중앙에서 거의 서서 보았다. 영웅들의 지략대결을 보고 있노라면 숨조차 제대로 쉴 수 없는데 어찌 감히 앉아서 볼 수 있단 말인가.

세 번째 볼 때 나는 비로소 소파에 앉아 조조의 눈물을 보았다. 유비는 시도 때도 없이 울었다. 그러나 조조는 딱 세 번 운다. 그 중 한 번은 등으로 운다. 첫 번째 눈물은 여포의 책사였던 진궁(동탁에게 쫓기는 조조를 살려준 적이 있다)이 끝까지 의를 굽히지 않고 죽음을 택했을 때다. 두 번째는 총명해서 가장 아끼는 다섯째 아들 조충이 둘째 아들 조비에게 독살 당했을 때다. 조비가 조충을 독살한 걸 알게 된 조조는 조용히 돌아눕는다. 그때만큼 조조의 등이 작아보인 적이 없다. 조조는 등으로 울었다. 세 번째는 적벽대전에서 패해 쫓기는 신세가 되어 화용도에서 관우와 운명처럼 마주쳤을 때다. 관우는 조조가 준 적토마를 타고 있고, 조조가 준 푸른 군포를 어깨에 두르고 있었다.

조조는 관우를 사랑했지만 '짝우정'으로 끝나고 말았다. 온갖 금은보화와 미녀와 적토마까지 주었으나 관우는 유비에게 돌아갔다. 조조는 관우에게 죽여달라고 한다. 그러나 관우는 자신의 목숨을 걸고 조조에게 길을 터준다. 조조의 눈물은 관우에게 목숨을 구걸하기 위한 눈물이 아니다. 자신의 우정이 짝우정이 아니었음을 알고 흘리는 눈물이다. 관우가 조조에게 보여준 우정은 대대손손 빛날 것이다.

조조가 울 때 당연 나도 울었다. 그러나 시도 때도 없이 우는 유비가 울 때는 딱 한번 눈물이 났다. 그것도 유비 때문이 아니라 조자룡 때문이다. 조자룡이 장판전투에서 단기필마로 조조의 십만대군을 뚫고 유비의 아들 유선을 구출해서 유비 앞에 데려갔을 때였다. 조조가 마음만 먹었으면 조자룡을 죽일 수도 있었지만 조조는 인재를 절대 죽이지 않았다. 조조가 가진 가장 큰 덕목 중의 하나였다.

조자룡은 조조에게 투항해서 부귀영화를 누릴 수 있었지만, 끝까지 유비에게 의리를 지킨다. 끝까지 의리를 지키는 사람들이 우리에게 감동을 준다는 건 그만큼 의리를 지키기가 쉽지 않다는 말일 것이다. 조조는 자신의 깊은 마음을 몰라준 진궁과 관우가 얼마나 서운했을까. 그러나 관우는 화용도에서 조조를 살려 보내주었고, 조조는 손권이 보내온 관우의 목에 향나무로 몸을 만들어, 문무백관을 다 거느린 융숭한 장례식을 치러주었다. 서로 적敵이었지만 그들의 우정은 완벽했다. 군자보다 소인배가 더 위험하다는 말은 여기에도 해당된다. 조조나 관우 중 하나라도 소인배였으면 그들의 우정 또한 없었다.

사랑이든, 우정이든, 충의忠義든 전부를 걸어야 아름다운 거다. 한 자락 접고 전략적인 사랑과 우정과 충의란 적에게 접근할 때나 필요하다. 요즘은 슬프게도 사랑도 우정도 충의도 이해득실을 따진다. 『삼국지』가 불멸하는 이유는 바로 이런 인물들 때문일 것이다. 충의를 지키지 않은 수많은 사람들이 죽임을 당한다. 특히 조조에게. 조조는 주군을 배신하고 그에게 투항하는 자는 어김없이 죽였다.

제갈공명도 유약하고 무능한 유비의 아들 유선에게 죽을 때까지 충의를 지킨다. 마음만 먹었다면 황제인들 되지 않았겠는가. 그래서 그는 역사에 남은 것이다.

— 너는 역사에 이름을 남길 것이다.

『삼국지』에서 어떤 선택의 순간에 가장 많이 나오는 대사다. 인간은 역사에 기록되어 불멸하길 꿈꾼다. 후대사람들이 기억하는 한 영원히 죽지 않는 것이다.

『삼국지』에서 새롭게 발견한 인물이 '사마의'다. 조조 버금가는 책략가다. 그는 자신의 야망을 위해 조씨 일족의 견제를 견디며 20년을 기다린다. 그는 오래 살아남았고, 결국 그의 손자 '사마염'이 천하를 통일하게 하는 발판을 마련해주고 죽는다.

인생은 하루를 더 살아도 아쉽고
하루를 덜 살아도 충분하다

위나라 황제가 된 조조의 아들 조비가 아우 조식을 소환한다. 가면 죽임을 당할지도 모르므로 문우들이 만류하자 조식은 위의 시를 읊조리고 간다. 서른 살도 안 된 나이에 어찌 저런 시를 읊을 수 있단 말인가. 조식은 「칠보시七步詩」(일곱 걸음에 지은 시)로 죽음을 모면

한다.

콩대는 솥 아래서 타고, 콩은 솥 안에서 울고 있네.

본디 한 뿌리에서 났는데, 왜 서로 들볶아야만 하는가.

조식은 '사람은 천 년간 취할 수 없으나, 시詩는 만 년을 향기로울 수 있네'라는 시도 남긴다. 조조의 재능을 이어받았다고 본다. '때론 붓이 칼보다 더 쉽게 사람을 죽일 수 있고, 훌륭한 격문檄文 하나가 10만대군보다 낫다'며 조조는 문인들을 아꼈다.

『삼국지』는 매력적인 인물이 한둘이 아니다. 조조의 책사 '순욱'이 거문고를 타며 '30리 밖 바람소리는 마음으로밖에 들을 수 없다'고 말하는 장면과 손권의 책사 '노숙'이 주공에게 예를 갖춰 서신을 쓰다가 죽는 장면도 인상적이다. 그러나 제갈공명이 빈 성의 성루에서 거문고를 타는 모습은 단연 압권이다. 사마의는 복병이 있을 거라며 퇴각한다. 제갈공명의 거문고 소리를 듣고 퇴각하는 사마의는 진정한 공명의 지음知音이다.

문득 고개를 돌리니 영춘화가 피었다고 난리다. 나는 이 봄, 꽃보다 『삼국지』 인물들의 향기에 빠져 지낼 것 같다. 조조의 눈물을 그리워하며 말이다.

삶이란, 소립사의 복수

지인의 딸이 미국 유학을 가서 영문학자가 되어 돌아왔다. 그녀는 대학에서 영미문학과 교수가 되었다. 영미문학이라면 아주 오래 전 대학에서 한 학기 강의를 들은 게 다였다. 그러나 셰익스피어의『햄릿』한 대사 정도는 안다. "To be or not to be, this is question(죽느냐 사느냐, 이것이 문제로다)." 이 한 문장을 얼마나 오래도록 우려먹었던가. 지금도 갈등의 순간에는 어김없이 내 머리 속에서 울려퍼진다.

"Tomorrow, and Tomorrow, and Tomorrow."『맥베스』의 이 대사도 삶이 지루할 때면 머릿속에서 개미떼처럼 기어 나온다.

미술학도이면서 전공 이외의 수업은 거의 문리대 과목을 선택했다. 어느 날, 무슨 허영기가 발동했는지 '영미문학'을 선택했다. 고려대 영문학과를 나온, 목소리가 바리톤에 가까운 깡마른 노교수老教授는 빈 파이프를 물었다 떼었다 하며, 아주 천천히, 연극대사를 외듯 셰익스피어의 『맥베스』를 읽어 내려갔다. 『맥베스』는 인간의 욕망이 가져오는 파멸에 관한 희곡이다.

Tomorrow, and Tomorrow, and Tomorrow,
Creeps in this petty pace from day to day.
내일 또 내일 또 내일,
이 더딘 걸음으로 하루 또 하루
삶의 마지막 순간까지 기어가서,
우리의 어제들은 흙덩이 죽음에 달하는
어리석은 자들 앞에 비추리.
꺼져라, 꺼져라 짧은 촛불아!
인생이란 걷는 그림자일 뿐
무대 위를 잠깐 우쭐대며 오가다
고스란히 잊히는 불쌍한 배우
바보가 떠드는 허무맹랑한 이야기
소리와 격정으로 가득하지만
덧없는 이야기.

나는 단박에 그 노교수의 팬이 되었다. 그 노교수의 연구실에 자주 놀러갔다. 노교수는 파이프 담배를 피웠으며 짙은 에스프레소 커피를 마셨다. 문리대학장과도 친한 분이어서 학장실에도 들락거렸다. 생각하면 문학의 뜻을 가슴에 품은 참으로 겁 없고 맹랑한 스물한 살의 처녀였다. 그분들은 오십대 후반이었고 많은 이야기를 해주었다. 내가 문단에 등단했다는 소식을 전했을 때는 친필로 세로로 쓴 편지를 보내기도 했다. '정영희 군에게'로 시작했다. 그 편지는 아마 어느 상자에 보관돼 있을 것이다.

무슨 이야기를 했는지 생각나지 않지만, 소설가를 아주 높이 평가했다는 것만 기억에 남아 있다. 셰익스피어 이래로 새로운 것은 없다, 라는 말도 그때 들은 것 같다. 그분들은 이제 이 세상 분들이 아닐 것이다. 그때 이미 그분들은 인생이란 짧은 촛불과 같음을 아시지 않았을까.

— 너의 삶을 살아라. 너의 재능을 낭비하지마라. 나는 너무나 소설가가 되고 싶었지만, 한번도 시도조차 못해보고 이렇게 내 인생을 낭비하고 말았다.

그 말을 할 때 노교수의 메마른 눈빛에 물기가 어른거렸다. 그는 늘 창밖 어디 먼 곳을 바라보며 천천히 강의를 했다. 그 노교수는 영시英詩를 원어로 줄줄 외우곤 했다.

> 한때는 그리도 찬란한 빛이었건만/ 이제는 속절없이 사라진/ 다시는 돌아올 수 없는/초원의 빛이여, 꽃의 영광이여Of splendor in the grass, Of glory in the flower
>
> — 윌리엄 워즈워드의 「초원의 빛」 중에서

내 눈에는 성공한 멋진 교수님으로만 비치는데, 그분은 내게 문학 얘기를 할 때만은 언제나 회한어린 눈빛이 되곤 했다.

인생이란 짧은 촛불과 같고, 덧없는 이야기에 불과하다고 셰익스피어는 맥베스의 입을 통해 말했다. 나는 이렇게 말하고 싶다. 삶이란 '소림사의 복수'와 같다. 우연히 빌려본 비디오테이프의 영화 제목이 〈소림사의 복수〉였다.

오래 전 비디오가게가 성업을 누리던 시절, 비디오가게 단골이었다. 빌려보다 빌려보다, 더 이상 그 가게에서는 빌려볼 만한 테이프가 없어 손가는 대로 고른 B급 중국영화가 〈소림사의 복수〉였다(어쩌면 제목이 〈낙양성의 복수〉였는지도 모르겠다. 워낙 무작위로 영화를 보던 시절이라).

소림사의 어느 고수가 숙적에 의해 일가족이 죽임을 당한다. 다행이 어떤 스님에 의해 그 고수의 어린 외아들은 목숨을 건진다. 어린 아들은 스님을 따라 깊은 산속에 들어가 20년 동안 집안의 원수를 갚기 위해 스님을 시봉하며 무예를 닦고 수도를 한다. 어린아이에서

소년으로, 소년에서 청년으로 자라는 과정을 심산유곡을 배경으로 봄, 여름, 가을, 겨울로 나누어 보여준다.

드디어 건장한 청년으로 성장한 제자를 어느 날 스승이 불러 말을 한다. 이제 넌 어느 누구도 당할 자가 없을 정도로 무예를 익혔으니 하산하여라. 무림의 고수가 된 아들은 스승에게 큰절을 올리고 산을 내려간다. 많은 날을 한뎃잠을 자고 생식을 하며 내려가자니 그의 행색이 말이 아니었다. 봉두난발에 상거지 꼴이었다. 그러나 눈빛만은 복수심에 차 형형했다. 산 아래 첫 동네를 지나가는데 느닷없이 돌이 날아온다. 동네 수십 명의 조무래기들이 문둥이가 지나가는 줄 알고 돌팔매질을 한 것이다. 그는 그만 그 돌팔매질에 맞아죽고 만다. 그리고 끝이었다.

뭔가 잘못된 줄 알고 몇 번이나 다시 돌려보았지만, 주인공은 그렇게 느닷없는 돌팔매에 어이없이 맞아죽고 마는 게 끝이었다. 마치 이것이 인생이다, 하고 말하는 듯했다. 감독이 누군지 주인공이 누군지 기억에 없다. 그러나 그 감독의 들리지 않는 웃음만은 비수처럼 뇌리에 박혀 있다.

모든 인생이 다 그렇지만은 않다. 고수이면서 복수를 하고 장수長壽까지 하는 삶도 많다. 그렇다 하더라도 그는 언젠가 죽음을 맞이하는 날이 있을 것이다. 이 영화의 주인공을 예술가로 은유하면 더욱 고개가 깊이 끄덕여진다. '예술가의 삶이란 소림사의 복수와 같다.' 다시 정리하면 '인생은 촛불과 같고, 예술가의 삶은 소림사의 복수'와 같다.

그 옛날 나의 재능을 알아봐준 영문학자 노교수는 내게 '재능을 낭비하지 말고, 너의 삶을 살아라'고 했다. 그럼 정녕 나는 '나의 삶'을 살고 있는가? 단언컨대 난 매우 느리지만 나의 삶을 살고 있다고 말할 수 있다.

슬픔도 외로움도 재산이란 사실을 깨닫는 데 오랜 시간이 걸렸다. 슬픔과 외로움이 없다면 인간은 어떻게 자신의 존재를 응시할 수 있을까. 존재의 아름다움은 삶의 외로움과 슬픔을 먹고 깊어진다.

어느 날, 글은, 내 삶의 '소비'이자 '욕망'임을 알아차렸다. 그 소비와 욕망은 온몸으로 기어가는 달팽이처럼 아주 느려서, 세심하게 바라보지 않으면 그 흔적이 미미해 잘 보이지도 않는다. 또한 그 소비와 욕망은 삶의 쓴맛과 짠맛을 톡톡히 맛보게 한 후 조금 허락했다.

그렇다면 나는 과연 '복수'를 할 수 있을 것인가. 삶의 복수란 무엇인가. 삶과의 진검승부란 무엇이란 말인가. 적어도 내게 있어 세속적인 부와 명예와 권력은 아니다. 예술가는 결코 이 생生에 복수할 수 있는 존재는 아니다. 생과 사, 선과 악, 성聖과 속俗, 구원과 욕망으로 가득 찬, 이 삶의 뒷모습을 그저 가장 마지막까지 목도目睹하고 기록하는 자일 뿐이다.

예술가는 혹은 우리 모두는, 영원히 비기秘技를 써먹어보지 못하고 떠나는 '소림사의 복수', 주인공과 같다. 그 비기를 쓰려는 순간 느닷없이 날아온 돌팔매질에 맞아죽을지도 모른다. 그러니 고수가 되어 하산하는 일은 미룰수록 좋을 것 같다.

인생은 촛불과 같고, 우리의 '삶이란, 소림사의 복수'와 같다.

오이디푸스, 헤라의 저주

지난 일요일 서울은 종일 는개에 젖어 있었다. 오랜만에 아들과 연극을 보러 갔다. 예술의 전당, 토월극장. 오이디푸스. 아들과 보기에는 퍽 적절하지 않은 연극이긴 했다. 다소 지루한 감이 있었지만, 배우 황정민의 뜨거운 열정에는 찬사를 보낸다.

신화는 메타포다. 그럼 오이디푸스는 우리에게 어떤 메타포를 전하는 것일까.

오이디푸스는 테베 왕의 아들로 태어났지만 아비를 죽이고 어미와 결혼할 거라는 신탁 때문에 산속에 버려진다. 오이디푸스란 '부은 발'이란 뜻이다. 버려질 때 발뒤꿈치에 구멍을 뚫었다고 한다. 하지만 양치기에 의해 살아나고, 이웃나라(코린토스) 왕자로 성장한다. 청년이 된 오이디푸스는 우연히 델포이 신전에서 자신의 운명을 물어본다. '아비를 죽이고 어미를 아내로 맞이할 것이다'라는 신탁을 듣고, 그 신탁을 피하기 위해 코린토스에서 멀리 달아난다. 달아나던 도중에 삼거리 산길에서 만난 남자(라이오스)와 시비 끝에 그를 죽이게 되고, 테베의 성문을 지키는 괴물 스핑크스의 수수께끼를 풀어 테베의 왕이 된다.

스핑크스 : 아침에는 네 발이고, 점심에는 두 발이고, 저녁에는 세 발인 짐승이 무엇이냐?

오이디푸스 : 인간이다.

결국 오이디푸스는 신탁의 예언대로 아버지(라이오스, 테베의 왕)를 죽이고 테베의 왕위에 올라 어머니(이오카스테, 테베의 왕비)와 결혼해 아이를 넷이나 낳는다. 저주받은 운명의 남자다. 이 모든 진실을 말해준 예언자는 장님인 테이레시아스이다.

프로이트에 의해 '오이디푸스 콤플렉스'의 어원이 된 남자이기도 하다. 오이디푸스 콤플렉스란 유아기의 아들이 이성의 부모에게 성적애착을 느끼고, 동성의 부모에게 경쟁의식을 느끼는 복합감정을 말한다. 이런 콤플렉스가 해결되지 않은 남자는 아버지를 살해하고 어머니의 사랑을 독차지하고 싶은 욕구가 없어지지 않는다.

프로이트는 이런 욕구를 실제로 드러낸 자가 신화 속의 오이디푸스라는 것이다. 신화란 실제로 일어난 것이 아니라 상징이다. 유아기를 지나 어린이가 되면 아들은 동성친구나 외부세계에 관심을 가지게 되고 '아버지와 동일시'함으로써 그 콤플렉스를 극복하고, 남자로 성장하게 된다고 프로이트는 주장했다. '동일시'란 심리학용어로 다른 사람의 존재를 받아들이고 타협함으로써 자아의 인격을 형성해가는 과정을 말한다.

오이디푸스의 어머니이자 아내인 이오카스테는 목을 매 죽고, 오이디푸스는 두 눈을 찔러 스스로 장님이 된 채 운명의 땅인 아티카의 콜로노스까지 가서 죽음을 맞을 때까지 테베를 떠나, 온 헬라스의 땅을 방랑한다. 그는 그리스신화 중 가장 비극적인 인물일 것이다.

이 엄청난 비극의 신화를 나는 언제 읽었든가. 오래 전 '신화 읽기'의 붐을 일으킨 이윤기(소설가, 번역가 1947~2010) 선생의 저서『이윤기의 그리스로마 신화』(전 3권) 에서다. 신화는 처음 구약 성경을 읽었을 때처럼 무섭고 두려웠다. 온몸의 세포가 쌀알처럼 곤두서서 밤을 하얗게 새우곤 했다. 신들은 난잡했고, 교만한 인간에 대해 가차 없이 잔인했으며, 질투가 심했고, 한번 내린 저주는 거둘 수 없다는 게 충격으로 다가왔다.

북풍의 신과 님프Nymph(요정) 사이에서 태어난 하이모스는 로도

페와 결혼한다. 하이모스와 로도페는 삶이 너무 행복한 나머지 서로를 제우스와 헤라라고 칭하는 우를 범한다. 결국 이들은 신들의 분노를 사게 되어 산으로 변한다. 오늘날 불가리아에 있는 로도페 산과 하이모스 산이 이들이다.

베 짜는 여인 아라크네는 직물의 수호신인 아테나 여신에 못지않는다고 자만하다, 여신의 분노를 사 영원히 베를 짜는 거미로 변하게 된다.

7명의 아들과 7명의 딸을 둔, 세상에 부러울 게 없는 왕비 니오베는 교만하여, 쌍둥이 남매를 둔 레토 여신을 업신여긴다. 레토는 제우스의 여인이었는데 본처 헤라의 저주를 받아 지상에서는 몸을 풀 곳이 없었다. 그러나 델로스 섬이 불쌍히 여겨 겨우 아폴론과 아르테미스를 낳을 수 있었다. 니오베는 그런 과거까지 들추며 레토 여신을 능멸했다. 이에 화가 난 레토 여신은 궁술의 신이자 사냥의 여신이기도 한 쌍둥이 남매, 아폴론과 아르테미스에게 니오베의 자식 14명을 활로 쏴 모두 죽이게 한다. 니오베는 눈물을 흘리는 돌로 변한다.

신과 겨루는 일은 인간에게 허용된 일이 아니었다.

신들의 제왕 제우스는 여신 혹은 여인을 가리지 않는 엄청난 바람둥이고, 그의 아내 헤라는 질투가 여신들 중에 으뜸이다. 헤라가 잠시 한눈을 팔기만 해도 자유자재로 모습을 바꿔가며 바람을 피우는 제우스 때문에 헤라는 질투의 화신이 된다. 헤라는 가정을 지키기 위해 제우스와 정분이 난 상대 여인들과 자식들을 해코지했다. 헤라는 가정과 결혼과 출산의 수호신이다. 하여 가정을 깨고 아내 이외 여자 혹은 남자에게 사랑을 느끼거나 불륜을 저지르는 자에게는 반드시 벌을 내리는 신인 것이다.

그러나 여신 아프로디테(비너스 : 거품에서 나온 여인이란 뜻)만은 예외였다. 아프로디테는 제우스가 혼외정사로 낳은 딸인데, 계모 헤라의 질투로 절름발이 대장장이 헤파이스토스에게 시집보낸다. 일만 하는 대장장이 남편을 두고 아프로디테는 전쟁의 신 아레스와 바람을 피워 여러 명의 아이를 두고, 헤르메스와 디오니소스와의 사이에도 아이를 두고, 인간인 아도니스와도 비극적인 사랑을 했다. 질투심에 눈이 먼 전쟁의 신 아레스가 멧돼지로 변해 아도니스를 죽인다. 아도니스가 죽은 자리에 붉은 아네모네(꽃말 : 속절없는 사랑)가 피었다고 한다. 모두 불륜이다.

그런데 헤라는 왜 아프로디테를 저주하지 않았을까. 아프로디테는 모든 남성의 성적 욕망을 사로잡는 아름다움을 지닌 여신이다. 정숙한 헤라는 어쩌면 아무런 죄의식 없이 오로지 순수한 사랑만 하는 애욕愛慾의 여신 아프로디테를 부러워했을지도 모른다. 아님, 뭇 신과 인간에게서 수많은 자식을 두는 미와 사랑과 성애의 여신인 아프로디테가 헤라의 권능을 감복시켰을 수도 있고, 일만 하는 절름발이 대장장이에게 시집보낸 미안함 때문이었을 수도 있다.

신화에 대한 갈증으로 '신화'라는 제목만 들어가도 당장 책을 사보곤 했다. 그래도 늘 오이디푸스의 엄청난 신탁 앞에서는 가슴이 먹먹했다. 오이디푸스의 신탁은 너무나 강렬하고 잔인하고 종내는 비극으로 끝이 난다. 오이디푸스는 정녕 자신의 운명을 뛰어넘을 방법은 없었단 말인가.

장님인 테이레시아스는 오이디푸스가 자신을 알게 하는 역할을 한다. 테이레시아스는 '조짐을 읽는 자'란 뜻이다. 테이레시아스는 나르시스를 보는 순간 '저 자신의 모습만 보지 않으면 오래 살 아이'라고 말한 아테나의 예언자다. 나르시스는 물속에 비친 자신의 모습에 반해 물에 빠져 죽는 소년이다. 그 자리에는 수선화(꽃말 : 자기애)가 피었다.

두 눈을 찔러 장님이 된 후에야 오이디푸스는 비로소 자신의 내면을 볼 수 있게 되었다. 장님이 되어 광야를 헤매며 자기 안에 도사린 욕망과 맞닥뜨린다. 왕위와 가족을 모두 잃고 지팡이 하나만 남은 떠돌이가 되면서 그는 성숙된 영혼으로 거듭난다. 모든 걸 내려놓았을 때 비로소 자기 자신의 진실과 직면할 수 있고, 자신의 운명을 받아들이고 사랑하는 순간, 그는 그 모든 걸 뛰어넘을 수 있었다.

요즘으로 말하자면 눈에 보이는 모든 부와 권력과 학벌과 미모가 다 부질없고 덧없는 것이라는 걸 깨닫는다. 부귀영화나 금은보화는 부귀영화와 금은보화일 뿐, 삶의 복병을 만났을 때 그에게 아무런 위안이 될 수 없다는 걸 안다. 한없는 고통을 겪었지만 고통을 겪은 만큼 성숙되었고, 성숙해진 만큼 마침내 그의 영혼은 자유로워질 수 있었다. 그는 에리니에스 여신들의 사당에서 죄를 씻고 죽음을 맞이한다. 에리니에스는 육친간의 범죄, 특히 존속살인을 엄격하게 추급追及하는 복수의 여신이다.

그렇다면 오이디푸스는 왜 그런 신탁을 받게 되었을까. 무엇이 그리 신들의 분노를 샀단 말인가. 테베 왕가의 저주는 아버지 라이오스 왕으로부터 비롯된다. 라이오스는 한 살 때 아버지가 죽고 외가의 섭정에 들어갔다. 그러나 외척의 쌍둥이 형제가 테베의 왕권을 차지하자 피사의 왕 필롭스에게로 의탁한다. 필롭스는 라이오스를 극진히 보살핀다.

그러나 라이오스는 쌍둥이 형제가 죽고 테베의 왕으로 돌아갈 때 필롭스와 님프 사이에서 난 아들 크리시포스를 전차 모는 방법을 가르쳐준다며 데려간다. 크리시포스는 바람둥이 제우스도 반한 아름다운 청년이다. 데려가서는 그를 강간한다. 미소년 크리시포스는 수치심으로 목매어 자살한다.

이를 지켜보던 가정의 수호신 헤라가 저주를 내린다. "아들에게 죽임을 당하고, 아내는 아들과 결혼할 것이다." 헤라는 인간의 머리에 사자의 몸통을 한 날개 달린 괴물, 스핑크스도 테베에 내려보낸다. 수수께끼를 풀지 못하는 모든 남자를 목 졸라 죽이게 한다. 스핑크스는 '목 졸라 죽이는 자'란 뜻이다. 라이오스가 저지른 '성범죄'는 대대손손 헤라의 저주를 받게 된다.

아, 불쌍한 오이디푸스. 결국 아비의 죄로 저주를 받았던 것이다.

오이디푸스의 신화는 우리에게 두 가지 메타포를 던진다. 신神이 싫어하는 불손한 짓들을 하지 말고 착하게 잘 살아야 한다는 것과 또 하나는 비록 저주받은 삶이었으나, 그 극심한 슬픔과 아픔과 고독을 뚫고 '오래된 영혼'으로, 성숙한 영혼으로, 완전한 영혼으로, 마침내 자유로운 영혼으로 거듭날 수 있다는 것이다.

그가 현대에 이르기까지 연극과 영화로 끊임없이 부활하고 있는 이유이기도 하다. 그리하여 오이디푸스는 우리들 가슴에 불멸한다.

복기하는 삶이 아름답다

사람들은 남의 말을 자세히 듣지 않는다. 남의 말이 끝나기도 전에 자신의 말을 하기 바쁘다. 정치인들이 나오는 토론 프로그램은 도저히 짜증나서 볼 수가 없다. 그들은 토론이 뭔지를 모른다. 토론이란 상대의 말을 듣고 그 다음 자신의 의견을 말하는 것이다. 그들은 귀머거리처럼 자신의 말만 한다.

패널들을 줄지어 앉혀놓고 하는 토크쇼도 마찬가지. 남의 말이 채 끝나기도 전에 자신의 말을 한다. 조금 전 말한 사람의 의도 따윈 전혀 상관이 없다. 그저 과한 액션과 튀는 얘기로 카메라만 붙잡으면 장땡인 줄 안다.

내가 글을 쓰는 이유 또한, 그저, 누군가에게 말을 하고 싶은 건지도 모른다. 내 말을 아무도 자세하게 들어주지 않기 때문이다. 특히 옛날 얘기나, 과거에 일어났던 일에 대해 듣고 싶어하지 않는다.

— 다 지나간 얘기를 왜 자꾸 하는 거야?

부부싸움에서 대부분 남편들이 하는 첫 번째 말일 것이다. 결단코, 단언컨대 '다 지나간 얘기'에 귀 기울이지 않았다가는 대화단절을 초래할 것이고, 오랜 냉전 끝에 '황혼이혼' 혹은 '졸혼'으로 이어져 독거노인으로 고독사하기 십상일 터.

— 뭔가를 바꿀 수 있는 유일한 방법은 모든 것을 아주 천천히 다시 쳐다보는 겁니다.

우연히 본 영화 〈클레어의 카메라〉(홍상수 감독, 2016년 작)에 나오는 대사다. 소파에 비스듬히 누워서 보다가 벌떡 일어나 앉았다.

만희(김민희 분)는 칸영화제 출장 중 영화사 대표 남양혜(장미희 분)로부터 부정직하다는 이유로 해고된다. 왜 부정직한지에 대해 말해주지 않는다. 그러나 우리는 안다. 남양혜의 연인 소완수(정진영 분) 감독과 만희가 술이 취해 함께 잔 걸 남양혜가 알게 된 것이다.

만희는 칸 바닷가를 산책하다 클레어(이자벨 위페르 분)라는 여자를 우연히 만난다. 그 여자의 직업은 선생인데 폴라로이드 카메라로 사진을 찍는 취미가 있다. 만희는 처음 본 클레어에게 자신이 해고된 얘길 하고, 클레어는 만희가 억울하게 해고된 얘기에 공감한다.

한편 클레어는 카페에서 만난 소완수 감독과 남양혜 대표와 차를 마시며 계속 사진을 찍는다.

— 당신은 왜 사진을 찍습니까?

소 감독이 묻는다.

— 뭔가를 바꿀 수 있는 유일한 방법은 모든 것을 아주 천천히 다시 쳐다보는 겁니다.

클레어가 답한다.

69분짜리 영화는 난해한 시처럼 우리에게 질문을 던져주고 허전하게 끝이 난다. 홍상수 감독의 의도는 '진실을 말할 대상이 필요하다', 혹은 만희의 대사처럼 '누구나 대화할 사람이 필요하다'인지도 모르겠다.

소 감독이 만희의 옷차림(숏팬츠), 다시 말해 겉모습만 보고 천박하다고 질책하고 사라진 후 클레어가 나타나 사진을 찍자, 만희는 참담하게 소리친다.

— 찍지 마세요!

그 순간 카메라는 '진실'이 아니라 '루머'에 하이에나 떼처럼 달려드는 언론일 수도 있다.

카메라는 진실인 동시에 삶을 복기할 수 있는 수단이기도 하고, 반대로 진실을 왜곡하는 시선(언론)이기도 하다. 억울한 만희는 대표에게 해고당한 그 노천 카페에서 그때 했던 질문을 혼자 중얼거린다. '제가 부정직하다고요? 왜 그렇게 생각하세요?' 그녀는 나름 그 순간을 복기해보는 것이다.

홍상수 감독은 자신과 여배우 김민희와의 스캔들에 대해, 누군가에게 진실을 말하고 싶었는지 모른다. 그러나 감독의 의도와 아무 상관없다. 모든 예술작품은 스스로의 자의성을 띠게 되어 보는 사람 혹은 읽는 사람의 몫으로 돌아간다. 그가 어떤 의도로 이 영화를 찍었든, 내가 건진 건 클레어의 저 대사 한마디뿐이다.

홍상수의 이런 작가적인 면이 비늘처럼 번뜩일 때 우리는 그에게 중독된다. 그가 어떤 스캔들을 일으켜도 다 용서할 수 있을 것 같다. 이런 걸 '혜안의 눈'이라 한다. 홍상수의 메타포를 읽어내지 못하는 관객은 짜증이 날 것이다. 어쩜 중간에 보는 걸 포기할지도 모른다. 가끔은 오락물이 아닌 삶에 질문을 던지는 철학적인 영화를 보며, 자신의 삶을 돌아볼 필요가 있다. 이런 영화들은 '영혼의 양식' 같다.

한 권의 철학책을 끙끙거리며 보는 것보다 이렇게 감독들이 밥상을 다 차려주니, 얼마나 좋은가. 먹기만 하면 되는 거다. 내가 영화를 좋아하는 이유 중 하나다.

다시 돌아가자. 왜 복기하는 삶이 아름다운지에 대해 말해야 한다. '복기'란 바둑에서 한번 두었던 대로 다시 처음부터 놓아보는 것을 말한다. 바둑처럼, 삶의 순간순간을 복기해야 변할 수 있다. 바둑은 왜 복기하는가? 다음에 잘하기 위해서다. 하다못해 남자들은 화투를 치다가도 화장실에 가서 오줌을 누며, '아까 네가 흑싸리를 던져줬어야 내가 끝나는 건데', 하며 복기하지 않는가. 모든 스포츠도 복기를 통해 변화를 가져온다. 역사를 배우는 것도 마찬가지. 그런데 왜 사람들은 자신의 삶은 복기하지 않는가.

부부싸움도 왜 일어났는지 자세하게 '다시 쳐다보면' 분명 변할 수 있다. 그러나 대부분의 사람들은, 특히 남자들은 그렇게 하지 않는다. 여자들은 근육질의 남자를 좋아하지 않는다. 자신의 얘기를 자세하게 들어주는 남자를 좋아한다.

사람들이 자신의 삶을 복기하는 걸 싫어하는 이유는 자신의 잘못을 인정하고 싶지 않기 때문이다. 자신의 잘못을 인정하고 사과하려면, 발가벗은 자신의 자아를 직시할 수 있어야 한다. 결코 변명하거나 포장하지 않은 알몸의 자아와 마주할 수 있는 사람은 용기 있는 사람이고, 그런 사람만이 변화될 수 있고, 그런 사람만이 자기 삶의 리더가 될 수 있다.

가끔 헐렁한 옷에 샌들을 신고 동네 슈퍼에서 먹을 걸 사들고 걸어 집으로 올 때면, 언제나 제레미 아이언스가 떠오른다. 조세핀 하트 소설을 영화화한 〈데미지〉(루이 말 감독, 1992년 작)의 마지막 장면이다.

아들의 연인 안나 바튼(줄리엣 비노시 분)과 사랑에 빠졌다가 비참한 비극(아들이 그 사실을 아는 순간 추락사하고 만다)을 맞이한 스티븐 플레밍(제레미 아이언스 분). 의사이자 성공한 정치인이었던 그는 모든 것을 잃고 어느 한적한 시골에서 혼자 산다. 헐렁한 옷을 입고 샌들을 신고, 동네 슈퍼에서 빵과 치즈를 사서 골목길을 털레털레 걸어서 집으로 간다. 난 이 장면이 너무 좋다. 모든 욕망을 다 내려놓은 자의 걸음걸이.

집 벽에는 아들과 안나와 자신이 함께 찍은 유일한 사진을 확대해서 붙여두었다. 수도자처럼 단순하게 살며 매일 그 사진을 바라보는 게 일과다. 아마 스티븐은 죽을 때까지 그 사진을 바라보며 천천히 자신의 삶을 복기할 것이다. 과연 자신은 그 어느 순간 욕망을 멈출 수 없었는가. 과거의 상처가 있는 팜므파탈Femme fatale(치명적인 여자)이랄 수 있는 안나가 자신을 유혹했을 때, 그녀의 상처를 고스란히 자신이 받을 거라고 왜 생각 못했는가, 그녀의 어떤 고혹적인 면이 자신을 파멸로 이끌었는가. 등등.

안나는 자신을 사랑하던 친오빠가 자살하는 걸 본 깊은 상처가 있다. 상처가 있는 사람은 위험하다. 그 상처를 치유하기 위해 사랑하는 사람을 제물로 삼는다. 사랑하는 사람을 할퀴거나 파멸시킴으로써 자신의 상처가 치유되기 때문이다. 안나는 스티븐을 제물로 삼았고, 그는 파멸했고, 그녀는 과거의 상처가 치유되어 결혼해서 자식을 낳고 평범하게 산다. 비로소 제목이 왜 '데미지damage(상처)'인지 안다.

삶을 복기하는 게 무슨 의미가 있느냐고? 스티븐은 죽을 때까지 속죄하는 죄인으로 살 것이다. 삶을 복기해서 더 이상 깨져버린 삶을 어쩌지는 못하지만, 죽을 때쯤 그의 영혼은 맑아져, 열반을 맛볼지도 모른다.

복기란 남의 말을 자세히 듣는 것이다. 혹은 '아주 천천히 다시 쳐다보는 것'.

달콤한 인생

또 영화 얘기다. 어쩔 수 없다. 나는 이 이야기를 누군가에게 해야만 한다. 며칠째 내 머리속을 온통 지배하고 있었기 때문이다.

연일 111년의 기록을 갱신하며 폭염주의보가 온 국민의 휴대폰을 아우성치게 했다. 체감온도 40도를 웃도는 폭염을 피해 피서하는 나의 방식이 있다. 에어컨을 28도에 맞춰두고 아무 생각 없이 볼 수 있는 '느와르' 영화를 보는 것이다. 느와르란 비정한, 어두운, 우울한, 검은 등의 뜻으로 주로 암흑가를 무대로 한 영화 장르를 말한다.

언제부턴가 영화관에 가서 영화를 보지 않는다. 영화를 누구와 같이 본 기억은 별로 없다. 아들이 어릴 때 데리고 간 것 말고는. 조금만 참고 기다리면 곧 집에서 볼 수가 있는 세상이 되었다. 가끔 예술

영화를 보기 위해 광화문 쪽으로 나가기는 한다.

작년 여름에는 중국 무협영화와 '징기스칸' 영화만 골라 보았다. 대나무 숲을 날아다니고 장풍掌風을 쏘는 중국 무협영화가 나는 너무 재미있다. 그들은 대개 스승이나 부모의 원수를 갚거나 권법拳法의 비기秘技가 기록된 책을 차지하기 위해 싸운다. 그런 영화를 볼 때마다 중국 사람들은 참 허풍도 대륙적이라는 생각이 든다. 각기 다른 감독의 그러나 같은 제목의 영화 〈징기스칸〉을 네 편이나 보았다. 감독의 시선에 따라 징기스칸을 다르게 해석한 게 흥미로웠다. 내 머리 속에는 네 감독이 바라본 징기스칸이 하나의 형상을 이루었다.

— 적은 밖에 있는 것이 아니라 내 안에 있었다. 나를 극복하는 그 순간 나는 칸이 되었다.

다 알지만 실천하기 쉽지 않은, 이런 멋진 말들이 나는 좋다.

올해는 느와르다. 최근 액션 혹은 느와르 영화는 거의 다 보았다. 〈아수라〉, 〈마스터〉, 〈베테랑〉, 〈범죄도시〉, 〈독전〉 등등. 재미있기도 하고 없기도 하여, 사이사이 다른 장르의 영화도 보았다. 아무리나 홀로 휴가라도 하루 종일 영화를 보고 있을 수는 없다. 하루 한 편 혹은 두 편 정도 본다. 그러다 김지운 감독의 〈달콤한 인생〉을 발견했다. 2005년 개봉작이다. 포스터에 이병헌이 권총을 들고 멋있게 서 있길래, 그냥 보기로 했다.

아, 난 왜 이 영화를 이제야 발견했단 말인가. 이 영화는 이병헌의,

이병헌에 의한, 이병헌을 위한 영화였다. 그의 얼굴엔 고독이 묻어 있다. 고독한 남자의 아름다움을 아시는가. 〈달콤한 인생〉의 이병헌이 있다면, 〈에덴의 동쪽〉의 제임스 딘이 있고, 〈길버트 그레이프〉의 조니 뎁이 있고, 〈가을의 전설〉의 브래드 피트가 있고, 〈대부〉의 알 파치노가 있고, 〈태양은 가득히〉의 아랑 드롱이 있고, 〈원스 어폰 어 타임 인 아메리카〉의 로버트 드니로가 있고, 〈화양연화〉의 양조위가 있고, 〈영웅본색〉의 주윤발이 있고, 〈아비정전〉의 장국영이 있다. 그들은 모두 고독을 휘장처럼 두르고 있다. 하여 멋있다.

일처리가 완벽하고 의리 깊은 선우(이병헌 분)는 7년간 보스 강사장(김영철 분)에게 충성한 결과, 절대적인 신뢰를 쌓아 호텔 스카이라운지 경영을 책임지는 위치에까지 올라가 있다. 강 사장에게는 젊은 애인 희수(신민아 분)가 있다. 그녀는 첼리스트다. 어느 날 강 사장이 그녀에게 다른 남자가 생긴 것 같다며 선우에게 감시하라고 지시를 한다. 사실이면 알아서 처리하고 연락하라며 출장을 떠난다.

선우는 희수를 따라다니다가 그녀가 방송국에서 녹음하는 장면을 보게 된다. 선우는 어쩜 난생처음으로 클래식 연주를 보고 들었을 것이다. 엄격히 말하면 클래식 음악은 아니었다. 뉴에이지 피아니스트, 유키 구라모토의 〈로망스〉(1998년 앨범에 수록)였다. 클래식은 아니고 클래식과 팝의 조화를 이룬 음악이라고 해야 하나. 애잔하고 아름다운 선율이 선우의 영혼을 사로잡는다.

아, 이건 뭐지?,하는 표정의 선우. 첼로를 켜던 희수는 한순간 그런 선우를 보고 싱긋 웃는다. 선우는 그 순간 자신의 내면에 존재하는지도 몰랐던 영혼의 세계를 엿보게 된다. 마치 아담이 선악과를 따먹은 순간과 같은 것이다. 아담이 '악(육체)'의 세계를 알게 되었다면 선우는 '선(영혼)'의 세계를 알게 된 것이다.

3일째 되는 날. 선우는 희수가 다른 남자와 있는 걸 목격한다. 둘 다 죽이고 보스에게 알려야 한다. 그러나 선우는 한참의 망설임 끝에 없었던 일로 하고 앞으로 만나지 말고 잊으라고 한다. 그러자 희수가 '어떻게 없었던 일처럼 잊을 수 있어요? 그럴 수 있는 거 아니잖아요'하고 말한다. 선우는 그런 말들이 이상하다. 냉혹한 건달의 세계에서는 마음 따윈 없다. 명령과 복종만이 존재한다.

출장에서 돌아온 강 사장은 선우가 자신의 명령을 어긴 걸 알게 된다. 강 사장은 선우를 없애라고 지시한다. 그때부터 선우와 조직 전체와의 전쟁이 시작된다. 결국 선우는 강 사장을 죽이고 자신도 죽음으로 끝이 난다. 마지막에 고독한 킬러 '에릭'이 나타나 선우의 고통을 멎게 해준다.

선우가 벼랑 끝에 몰렸을 때 유일하게 '민기(진구 분)'가 그를 돕는다. 그건 목숨을 건 우정, '문경지교刎頸之交'(생사를 같이 할 수 있는 매우 소중한 벗)다. 강 사장은 민기를 죽인다.

'아무 생각 없이' 보기로 한 느와르 영화 〈달콤한 인생〉은 잘못 골라도 한참 잘못 골랐다.

해거름이었다. 배가 몹시 고팠지만 아무것도 먹을 수 없었다. 노주노교瀘州老窖, 45%. 중국 청도 다녀오며 사온 중국 술이 눈에 들어왔다. 그렇지, 이럴 땐 독주가 필요하지. 나는 거푸 두 잔을 마셨다. 그제야 한 방 맞은 듯하던 멍한 정신이 좀 돌아왔다. 마치 얼었던 마음이 녹듯 긴장이 풀리면서 마음이 아려왔다.

〈달콤한 인생〉은 삶이 전쟁터임을 보여준 영화며, 인간은 무엇으로 살아가는가를 보여준 영화며, 고독한 남자의 아름다움을 보여준 영화며, 한 남자의 첫사랑에 관한 영화며, 남자의 우정과 의리에 관한 영화며, 권력의 무상함에 관한 영화며, 이루어질 수 없는 사랑에 관한 영화며, 성聖과 속俗에 관한 영화며, 선善과 악惡에 관한 영화며, 자신의 삶에 혹은 자신의 운명에 비로소 '왜?'라고 질문을 던지는 영화며, 한순간 흔들리는 마음을 지키기 위해 생을 거는 영화며, 아픈 사랑에 관한 영화다.

〈위대한 개츠비〉에 레오나르도 디카프리오가 있다면 〈달콤한 인생〉에는 이병헌이 있다. 사랑이란 잊히는 게 아니란 걸 알게 되고, '이루어질 수 없는 꿈'이란 것도 선우는 알게 된다.

— 말해봐요, 저한테 왜 그러셨어요?

선의 세계를 엿본 자가 질문한다. 건달의 세계는 질문하지 않는다.

— 넌 내게 모욕감을 줬어.

악의 세계만을 아는 자가 답한다. 건달의 세계에서는 '흔들리는 마음'은 용납되지 않는다. 보스는 이미 선우가 그들에게 금지된 '선의 세계'를 엿본 걸 알아버린 것이다.

맑은 어느 봄날 제자가 묻는다.

— 스승님, 저것은 나뭇가지가 움직이는 겁니까, 바람이 움직이는 겁니까?

— 무릇 움직이는 것은 나뭇가지도 아니고, 바람도 아니며, 네 마음일 뿐이다.

혜능선사慧能禪師의 『육조단경六祖壇經』에 나오는 말이다.

영화 프롤로그의 내레이션이다. 이것은 선우가 혼자 짝사랑을 하게 되는 것을 암시한다.

깊은 어느 가을밤, 잠에서 깨어난 제자가 울고 있다. 스승이 묻는다.

— 무서운 꿈을 꾸었느냐?

—아닙니다.

— 슬픈 꿈을 꾸었느냐?

— 아닙니다. 달콤한 꿈을 꾸었습니다.

— 그런데 왜 그리 슬피 우느냐?

제자가 눈물을 닦으며 말했다.

— 그 꿈은 이루어질 수 없는 꿈이기 때문입니다.

이 에필로그의 내레이션은 마치 장자의 '나비의 꿈'을 연상시킨다. 내가 나비 꿈을 꾼 것인지, 나비가 내 꿈을 꾼 것이지 모르겠다고 한 장자는, 꿈과 현실의 차이가 없듯이 삶과 죽음의 차이도 없다는 걸 우리에게 말해준다. 이 영화 전체가 한갓 꿈일 수도 있고 아닐 수도 있음을 암시한다. 그러나 예민한 감독(브라보 김지운!)의 의도 따윈 상관없다. 모든 창작물은 스스로 자의성을 띠고 흘러간다.

육체의 세계를 살다 한순간 영혼의 세계를 엿본 대가는 한생을 거는, '가혹한' 일이 되었다. 강 사장의 명령대로 선의 세계에 속한 첼리스트 희수를 죽이고, 권력의 달콤함을 누리는 게 달콤한 인생이었을까. 아님 짧은 순간 영혼의 세계에 속한 한 여인을 마음에 품고, 그 '마음을 지키기 위해' 장렬하게 죽음을 맞이하는 게 달콤한 인생이었을까.

당신의 선택은?

그리운 페르메이르의 시선

언제부터인가 책보다 영화를 더 좋아한다는 걸 알았다. 시력이 급격히 나빠지면서부터 이겠지만, 책읽기는 고독의 시간과 마주해야 한다. 영화도 늘 혼자 보지만 책읽기처럼 고독을 마주해야 하는 시간은 아닌 것 같다. 그 속에는 배우가 있고, 음악이 있고, 그림이 있고, 빛이 있고, 움직임이 있다. 하여, 영상은 현재진행형이면서 미래산업인 셈이다.

영화 〈진주 귀걸이를 한 소녀〉는 피터 웨버 감독(2003년)의 작품이다. 우리나라에서는 2004년에 개봉했다. 물론 나는 집에서 봤다. 조금만 참으면 곧바로 집에서 유료로 볼 수가 있다. 여기서 중요한 것은 이 영화는 원작 소설이 있다는 것이다. 소설이 없었다면 이 영화도 없었을 것이다. 우리나라에서 번역되어 나온 책의 제목은 『진주 귀고리 소녀』이다. 미국 작가 트레이시 슈발리에의 1999년도에 발표한 소설이다.

당연 책을 샀다. 책갈피에 끼워져 있는 클립을 보면 그 책을 끝까지 읽지 못했음을 안다. 그때부터 나는 이 책을 보다 저 책을 보곤 하는 버릇이 생겼는지 모르겠다. 분명 그 책을 보다가 잠시 접어두고 더 말랑하고 달콤한 책을 끼고 노느라 까맣게 잊어버렸을 것이다.

그러다 곧바로 영화가 만들어져서 결국 소설 『진주 귀고리 소녀』는 영화 〈진주 귀걸이를 한 소녀〉로 보게 되었다. 그 숨 막히는 사랑의 영화를 보며 모든 여자들이 저렇게 뜨겁게 자신을 바라보는 남자에게서 진주 귀걸이를 선물받고 싶겠다는 생각이 들었다.

소설은 17세기 네들란드 화가 요하네스 페르메이르(1632~1675)의 〈진주 귀걸이를 한 소녀〉에서 영감을 받아 쓴 작품이다. 터번을 쓴 예쁜 소녀가 왼쪽 어깨 너머로 뒤를 돌아보는 그림이다. 배경은 완전 검은 색이다. '북구의 모나리자'라고도 불린다.

커다란 눈에 약간 벌어진 촉촉하고 도톰한 관능적인 입술, 보일 듯 말 듯한 신비로운 미소, 그리고 진주 귀걸이. 이 이국적인 초상화는 한번 보면 절대 잊을 수 없는 매혹이 있다. 트레이시 슈발리에도 이 그림 속 소녀는 누구일까, 하는 의문에서 소설을 시작했다고 한다.

요하네스 페르메이르는 빚만 유산으로 물려받은 가난한 화가였다. 네덜란드 델프트에서 태어나서 그곳에서 죽었다. 그림을 계속 그리기 위해 스무 살에 부유한 집의 딸과 결혼해서 자녀를 11명쯤 두었고, 평생 35점의 그림을 남겼으며 마흔 초반에 세상을 떠났다. 페르메이르에 대한 자료가 많지 않았으므로 슈발리에는 대부분을 상상으로 이 작품을 쓰게 되었다.

이 영화를 다시 찾아봐야겠다고 생각한 건 다들 하던 귀걸이도 귀찮다고 팽개칠 나이에 나는 비로소 귀를 뚫고 진주 귀걸이를 했다.

— 니는 와 귀걸이는 안 했노?

5년 전쯤 친구 따라 간 무당집의 영매가 내게 한 말이다.

— 귀걸이요? 전 귀걸이 안 해요.

— 달랑달랑한 귀걸이 하나 해라. 좋은 일 있을끼다. 니는 인물이 차암 좋구나.

그 영매는 영감신이 들어왔는지 담배를 피우며 내게 말하는 품새나 말투가 능글맞았다. 좋은 일이 생긴다니 귀걸이를 해볼까 잠시 구미가 당겼지만, 귀를 뚫어야 한다는 데 생각이 미치면 늘 거기서 생각은 멈추었다. 그러다 영화 〈진주 귀걸이를 한 소녀〉를 봤을 때의 소망이 생각났고, 17세기나 18세기 유럽이 배경인 영화를 보면 귀족 여인들이 하나같이 귀걸이를 하고 있는 걸 알 수 있었다.

귀걸이의 역사는 유구하다. 고대 이집트에서도 왕족과 귀족을 중

심으로 권력을 과시하거나 악귀를 쫓는 부적으로 남녀 함께 사용했다. 영국에서는 르네상스 시대에 귀걸이가 크게 유행을 했다. 중국에서도 전국시대 말에서 한대에 걸쳐 이당珥璫이라고 불리는 귀걸이가 성행했고, 우리나라도 오래 전부터 장신구 혹은 부적의 형태로 사용하였다.

각설하고, 해마다 돌아오는 지루한 생일날, 내가 나에게 선물을 주듯 귀를 뚫었다. 귀를 뚫어본 사람은 알겠지만 별로 아프지 않다. 귀를 뚫는다는 행위가 이렇게 오랜 망설임과 두려움으로 서성이게 될 줄은 몰랐다. 20대에 귀를 뚫은 사람을 보면 참으로 용감하게 느껴졌다. 달랑거리는 진주 귀걸이를 하면, 내가 나를 사랑하는 듯한 기분이 들어 좋다.

— 귀걸이를 하면 1.5배는 예뻐 보인데요. 선생님도 하세요.

수없이 들은 말이다. 드디어 했다.

영화에서는 페르메이르(화가 : 콜린 퍼스 분)가 그리트(하녀 : 스칼렛 요한슨 분)의 귀를 뚫어준다. 그 장면은 어떤 성애性愛 장면보다 더 숨이 막힌다. 최초이자 마지막인 '귀 뚫어주는 남자'. 영화 제목을 '귀 뚫어주는 남자'라고 해도 괜찮았을 것 같다. 영화가 원작에 충실하지 않다고 발끈할 거는 없다. 영화란 감독이라는 필터링filtering을 통해 재해석될 수 있다. 또한 완성된 영화는 그 자체로 예술작품이기 때문이다.

가난한 화가 페르메이르는 그림을 그리기 위해 일찍 결혼을 해서 처가살이를 한다. 장모가 물어다주는 일을 하며 바람 한번 피우지 않고 아이를 줄줄이 낳는 아내와 그림만을 오간다. 그러다 하녀 그리트를 만난다. 페르메이르는 하녀 그리트를 그의 방식으로 사랑한다. 콜린 퍼스의 할 말을 삼키는 듯한 연기는 압권이다. 그가 왜 그인가를 보여준다.

콜린 퍼스와 스칼렛 요한슨의 숨을 멈춘 듯한 눈빛과 손짓과 조용한 움직임은 보는 내내 가슴이 터져버릴 것 같은 전희前戱를 보여준다. 특히 현악 반주에 플루트 연주가 얹어진 선율은 애절하고 신비로워 한순간 숨을 멎게 한다(알렉산드로 데스폴라 작곡). 그것으로 끝이다. 아무 일도 일어나지 않는다. 그리트의 마음은 페르메이르에게 온통 가 있지만 정작 몸은 푸줏간 집 아들 피터와 사랑을 나눈다. 그러나 히스테리가 심한 아내에게 들켜 하녀 그리트는 쫓겨난다.

그리트가 쫓겨나기 전, 페르메이르의 후원자 라이벤(톰 윌킨슨 분)이 그리트를 그려주길 원한다. 그는 그녀를 그린다. 하녀의 두건을 벗기고 터번을 쓰게 한다.

— 귀걸이는 왜 안 하지?

— 하녀는 귀걸이를 하지 않습니다.

귀걸이는 귀족과 평민을 구분하는 장신구였다.

페르메이르는 그리트의 귀를 뚫어주고 아내의 진주 귀걸이를 걸어준다. 그리트는 울고, 그녀를 뜨겁게 바라만 보던 페르메이르는 손가락으로 한번 그녀의 입술을 쓰다듬는 게 다다. 이 영화의 클라이맥스다. 가난한 화가 페르메이르로서는 하녀의 두건을 벗겨주고, 진주 귀걸이를 걸어 그림 속에서나마 귀족으로 만들어주는 게, 그가 사랑하는 하녀 그리트에게 해줄 수 있는 최고치였다.

17세기의 억압된 사랑이라고 보지 않는다. 그 시대 때도 사람들은 자유롭게 사랑을 나누었다. 요하네스 페르메이르의 사랑의 방식인 것이다. 요즘은 거의 찾아보기 힘든 사랑의 방식이다. 페르메이르처럼 저랬다가는 잘못하면 관음증 환자나 스토커 취급을 받을 수 있다. 그의 뜨거운 눈빛이 사랑임을 알아차릴 수 있는 여인도 요즘 시대에는 드문 일일 것이고.

아무튼, 당신 생에도 그토록 뜨거운 눈빛으로 그대를 바라보는 남자 혹은 여자가 있기를.

러브 어페어

러브 어페어love affair. 직역을 하자면 '연애사건'쯤 되겠다. 씨네뮤직 예고 방송에서 흘러나오는 엔니오 모리코네의 음악에 끌려 오래전에 본 〈러브 어페어〉를 소환했다. 1995년 개봉작이고, 나는 그 다음해 비디오테이프로 본 기억이 난다. 워렌 비티 각본에 감독은 글렌 고든 카슨이다.

명작이란 역시 긴 시간을 거치고도 여전히 인간의 마음을 온통 뒤흔들어놓는 위력이 있다. 두 남녀의 운명적인 사랑을 그린 1957년 작을 리메이크 한 미국영화다. 리메이크해서 성공한 작품 중 하나일 것이다.

스토리는 간단하다. 은퇴한 바람둥이 풋볼 스타 마이크 겜브릴(워렌 비티 분)은 돈 많은 토크 쇼 진행자인 방송계의 거목과 약혼을 발표해 연예계의 주목을 받는다. 그러나 출장차 가던 호주행 비행기 안에서 테리 맥케이(아네트 베닝 분)라는 여인을 만나 묘한 매력에 이끌린다. 바람둥이들은 언제나 새 여자를 만날 때마다 묘한 매력에 이끌렸다고 항변한다. 이래서 바람둥이들은 귀엽다. 테리 맥케이에게도 남자 친구(피어스 브로스넌 분)가 있었다.

때마침 그들이 탄 비행기는 엔진 고장으로 조그만 섬에 비상 착륙하게 되고, 근해에 있던 러시아 여객선을 타고 호주로 향하면서 그들은 사랑에 빠지게 된다. 그 사이 워렌 비티는 고모가 타히티 섬에 살고 있다며 베닝를 유혹한다.

— 섬마다 고모가 사세요?

TV 뉴스로 그가 바람둥이인 걸 이미 아는 베닝이 묻는다. 그러나 그녀도 어쩔 수 없는 사랑임을 느끼기 시작한다. 아흔 살의 고모(캐서린 헵번 분) 집에 잠깐 머물면서 둘은 더욱 운명적인 사랑임을 직감한다.

두 사람은 헤어지면서 3개월 후에 엠파이어스테이트 빌딩 전망대에서 만나기로 약속한다. 만약 나오지 않더라도 이유를 묻지 않기로 한다.

그런데 느닷없는 장면에서 터지기 시작한 눈물은 뚜껑 열린 샴페인 같았다. 캐서린 헵번이 피아노를 치고 아네트 베닝이 허밍을 하고, 워렌 비티가 두 여인을 바라보는 장면부터 예고 없이 터졌다. 아, 아직도 사랑을 믿는 마음이 남아 있었단 말인가.

짧은 곱슬머리가 가장 잘 어울리는 여배우는 〈누구를 위하여 종은 울리나〉의 잉그리드 버그만이다. 어린 날 그녀를 보며 저 헤어스타일을 꼭 해보고 싶었는데 여태 못해봤다. 그녀 다음으로 짧은 곱슬머리가 잘 어울리는 여배우는 아네트 베닝이다. 어쩜 둘 다 영화에서 사랑에 빠졌을 때의 눈빛과 옆모습의 아름다움 때문일지도 모르겠다.

한눈에 반한 여인에게 빠졌을 때, 워렌 비티만큼 저린 눈으로 바라볼 수 있는 남자배우는 단언컨대 없다. 클라크 케이블이 〈바람과 함께 사라지다〉에서 비비안 리를 바라볼 때의 눈빛도 숨을 멎게 하는 데가 있고, 〈가을의 전설〉에서 브래드 피트가 줄리아 오몬드를 바라볼 때의 강렬한 눈빛도 있지만, 눈빛만큼은 워렌 비티가 탑이다.

그는 자신의 페이스가 얼마나 로맨틱하게 생겼는지 아는 배우다. 그 옴팍하면서 지적이고 작으면서도 깊은 눈빛 연기가 이 영화에 안성맞춤인 걸, 각색을 하며 그는 알았을 것이다. 워렌 비티의 다른 영화는 생각나지 않는다. 한때 저 영화를 보고 몇 날 며칠 동안 사랑의 '떨림'을 가라앉히기 위해 오래오래 걸었던 기억이 난다.

큰 키에 짧은 곱슬머리를 하고 성큼성큼 걷는 아네트 베닝의 모습은 신화 속 여인 같다.

— 말도 일부일처제가 아니고, 닭도 일부일처제가 아니고, 오리도 일부일처제가 아니란다. 그러나 백조는 일부일처제란다.

화가가 꿈이었던 바람둥이 비티가 자신이 백조인데 오리인 줄 착각하고 있다고 고모인 캐스린이 말한다. 몇 장면 나오지도 않는 늙은 '캐서린 헵번'의 존재감은 또한 대단하다. 젊고 예쁜 아네트 베닝에 전혀 밀리지 않는 늙은 여배우의 지적인 모습. 파킨슨병으로 머리를 살짝 흔들며 말하는 등 굽고 작아진 노년의 캐서린 헵번은 내 속에 갇혀 이미 미라가 된 줄 알았던 '인간애'를 벌떡 일으켜 세워 눈물샘을 길어올렸다. 아직도 영화를 보고 이렇게 울 수도 있구나, 싶었다.

다들 백조처럼 일부일처제로 살기를 바란다. 힘든 일이다. 쉽지 않으니, 아름다운 거다. 일부일처제가 쉬우면 왜 결혼제도로 묶어두겠는가. 쉽지는 않지만 가장 인간답고 제도적으로 통제하기 쉬운 형태이니, 인류는 그렇게 진화해온 거다.

트럼프 미국 대통령도 그렇고, 영국의 존슨 총리도 그렇고, 모두 젊고 예쁜 세 번째 여자와 산다. 모두 일부일처제를 고수하려 고군분투孤軍奮鬪 중인 것이다. 일부다처제란 여러 명의 부인을 거느리고 사는 제도이다. 그런 나라가 아직도 일부 남아 있기는 하나, 선진 문명사회에서는 대부분 일부일처제에 순응하기 위해 수도 없이 이혼과 결혼을 반복한다.

사랑이란 무엇일까.

— 소유함이 중요한 게 아니다. 소유 후에도 계속 상대를 원하느냐가 중요하지.

캐서린 헵번이 아네트 베닝에게 말한다.

사랑의 속성은 소유다. 소유 후, 말하자면 결혼 후에도 서로를 계속 원하는 배우자를 만나려면 전생에 남의 목숨을 여러 번은 구하는 공덕을 쌓아야 가능할 것이다. 바람둥이 워렌 비티는 운명적인 여인을 만났다는 확신으로 가득 차 있고, 아네트 베닝도 시간이 갈수록 그가 자신의 운명적인 남자임을 깨닫고, 그날만을 기다린다.

아무튼 워렌 비티와 아네트 베닝이 만나기로 한 날, 베닝은 교통사고로 휠체어 신세가 된다. 내용을 뻔히 다 아는데도 어쩜 이렇게 볼 때마다 가슴을 아리게 하는지. 워렌 비티와 아네트 베닝을 보고 있노라면, 배우들의 마스크 자체가 예술작품이란 생각을 하게 한다. 크리스마스 이브날, 우여곡절 끝에 워렌 비티는 아네트 베닝의 집을 찾아내어 방문하고, 그녀가 일어설 수 없다는 걸 알게 된다.

— 당신이 그림을 다시 그린다면, 나는 다시 걸을 수 있을 거예요.

매우 오글거리는 대사다. 사랑하는 사람들이 나누는 대화는 다 버터가 듬뿍 들어간 케이크 같다.

이 영화는 볼 때마다 다른 장면에서 울컥한다. 예전에는 워렌 비티와 아네트 베닝만 보이더니, 이번에 보니 나이가 들어도 지적 아름다움을 잃지 않은 '캐서린 헵번'과 007의 바람둥이 '피어스 브로스넌'이 짝사랑으로 쓸쓸해하는 낯선 모습이 보이고, 타히티 섬의 풍광이 너무 아름다워 '타히티 섬 가보기'를 버킷 리스터에 추가하고 싶어졌고, 영화 음악의 거장 엔니오 모리코네(1928~2020)가 천재임을 다시 한번 확인했다. 이 영화에 이 음악이 없다면, 〈러브 어페어〉는 실패작으로 기억되었을 것이다.

예술작품은 대개 언해피 엔딩unhappy ending으로 끝이 난다. 이유는 비극으로 끝나는 게 독자나 관객들의 가슴에 더 오래도록 각인되기 때문이다. 그러나 〈러브 어페어〉는 해피 엔딩happy ending으로 끝나지만, 오래도록 관객들의 가슴에 남아 있다. 왜냐하면 우리 모두는 일부일처제를 수호하고 싶은 백조이길 꿈꾸니까.

(얼마 전 그가 타계했다. 나를 만든 5할은 영화와 음악 혹은 영화음악이고 그 반은 문학이다. 그의 추모 콘서트에 아들과 아들 여친과 다녀왔다. 엔니오 모리코네 추모 콘서트는 '내 청춘의 추모 콘서트' 같았다. 강물처럼 흐르는 그의 영화음악은 내 인생의 마디마디를

기억나게 했다. 잘 가라 내 청춘. 내 외롭던 청춘을 지배했던 엔니오 모리코네의 위대한 영혼에 경배한다. 부디 영면하시길. 워렌 비티와 아네트 베닝은 실제로 결혼하여 아이 넷을 낳고 지금도 사랑하며 잘 살고 있다.)

제4부

로맨티스트 예찬

로맨티스트 예찬

흔히 현실보다는 이상을 동경하는 사람을 로맨티스트라고 한다. '언제, 어디서나, 누구라도, 사랑할 마음의 준비가 되어 있는 사람'. 이건 내가 내린 로맨티스트의 정의다.

99세의 김형석 교수가 86세의 노 여교수를 만났을 때처럼 말이다. 두 분은 젊은 시절 스쳐지나가는 인연이었다. 그러다 우연히 마주쳐 차 한 잔을 하게 되었다. 노 여교수는 수줍은 표정으로 '방년' 86세라고 나이를 밝혔다는 것이다. '방년'이란 스무 살을 전후한 꽃다운 나이의 여성에게 붙이는 말이다.

김형석 교수는 집에 돌아와 설레는 마음으로 〈100세 일기〉라는 칼럼에 그 노 여교수와의 만남을 썼다. 그 노 여교수가 젊은 날의 자신을 기억하고 있다는 걸 은근히 자랑스러워하면서 말이다. 그 여 노교수가 '방년 86세'라고 말한 것도 얼마나 귀여운가. 그 칼럼을 보고 나는 며칠이고 기분이 좋았다. 가슴에 꽃을 안았다가 뗐을 때처럼 오래도록 향기가 코끝을 맴돌았다. 그는 내가 아는 사람 중 가장 오래된, 다시 말해 최고最古의 로맨티스트다.

도대체 언제적 '김형석 교수'란 말인가. 이십대 초반에 그의 수필집 『영원과 사랑의 대화』을 읽고 그의 팬이 되었다. 그런데 그는 아직도 현역이다. 아흔아홉 살이 된 그는 60세부터 75세까지가 인생의 황금기라고 했다. 아아, 그렇다면 나는 아직 인생의 황금기에 한 발짝을 들어놓지도 못하지 않았는가.

그는 무엇이든 배우고, 독서를 하고, 취미활동을 하고, 절대 놀지 말라고 했다. 여기에 하나 더 보태라고 한다면, '로맨티스트'가 되라고 말하고 싶다. 빈부의 차별 없이, 학벌의 차별 없이, 인종의 차별 없이, 종교의 차별 없이, 관습이나 국적의 차별 없이 인간을 사랑하는 박애정신이 밑바탕에 깔려 있는 로맨티스트 말이다.

바람둥이와 로맨티스트는 다르다. 일부 공통되는 부분이 좀 있긴 하지만 바람둥이는 다른 사람을 다치게 할 수 있고, 차별 없이 모든 사람을 사랑하는 박애주의자는 아니다. 그러나 로맨티스트는 다른 사람을 기분 좋게 만든다. 로맨티스트가 되려면 영혼에 투자를 좀 해야 한다.

내가 제일 싫어하는 말이 '이 나이에 뭘 배워?', '이 나이에 뭘 고쳐? 생긴 대로 살다 죽을래', 라는 말이다. 생긴 대로는 외모를 말하는 게 아니다. 삐딱하거나 고약한 성품을 말한다. 그런 마인드는 남을 다치게 하거나 불편하게 한다. 인간은 죽을 때까지 배우고, 성찰하고, 반성하고, 고쳐나가며 영혼이 성숙해지도록 노력해야 '지적'으로 아름답게 늙는다. 그렇지 않으면 김형석 교수가 말한 60세부터의 전성기는 '짐승의 시간'이 되고 만다.

지적이라 함은 인문학적 지식이 기본이다. 그럼 도대체 '인문학적 지식'이라는 게 뭐란 말인가?

인문학이란 인간이 만들어 나가는 문화와 가치관을 말한다. 문화와 가치관은 시대마다 달라진다. 상상력과 창조력과 통찰력이 있는 자만이 한 시대의 문화와 가치를 이끌어간다.

그런 자들은 끝임 없이 '왜'라고 질문하는 자들이며, 집단에 종속되거나, 안주하거나, 한 쪽을 선택하거나, 선택을 강요하지 않는 '경계에 서 있는 자'들이며, 홀로 고독과 불안과 두려움을 견디며 걸어가는 용감한 자들이다. 그런 자만이 세상의 리더가 될 수 있다. 한 쪽을 선택하는 순간 질문은 멈추게 되고 그대의 삶도 거기까지(최진석 교수의 강의).

상상력과 창조력과 통찰력은 비단 예술가들에게만 해당되는 게 아니다. 과학자에게도, 기업가에게도, 의학자에게도, 정치가에게도, 법률가에게도, 교육자에게도 필요하다. 결국 인문학이란 '신神'이 아니라, '인간'이 중요한 인본주의로, 인간 개개인의 인권이 점점 더 소중한 가치로 나아가는 흐름이다. 이 흐름에 합류하려면 우선 기본기가 있어야 한다.

첫째, 인간을 가엾게 여기는 휴머니스트라야 한다. 인간뿐 아니라 동물이나 식물이나 생명을 가진 모든 것을 긍휼矜恤히 여길 줄 알아야 한다. 희생할 줄 모르고 자기 몸만 긍휼히 여기는 사람도 많다. 긍휼이라는 단어는 신이 인간에게 할 수 있고, 인간이 만물에게 할 수 있는 단어다. 친구에게 쓸 말은 아니다. 교만한 자는 주의해야 한다.

둘째, 누구에게든 무례하지 않아야 한다. 무례는 예의가 없음을 말하는데 그건 오만에서 나온다. 한진그룹 자매들의 무례는 국민의 공분을 사지 않았는가. '오만의 끝은 몰락'이라는 서양 속담이 있다. 이 속담의 기원은 '휴브리스Hubris'란 개념인데, 사전적 의미는 오만이지만 성품이나 행동에 앞서 삶에 대한 태도를 가리킨다. 영국의 문명비평가인 토인비가 역사해석학 용어로 사용하면서 유명해진 말이다. 다시 말해 신의 영역까지 침범하려는 오만을 뜻하는 그리스어에서 유래된 용어다. 하여, 휴브리스가 어떤 한계를 넘어서면 반드시 벌을 받게 되어 있다. 그러니 절대 무례하게 굴지 말아야 한다. 자신이 무례하게 구는지 모르는 사람도 많다. 만만한 사람은 은근히 깔보고, 이득을 볼 사람이나 불특정 다수에게는 착한 척 비굴한 눈웃음을 짓는 가식적인 인간도 여기에 해당된다.

셋째, 자신을 성찰할 줄 알아야 한다. 사람들은 자신을 반성하는 걸 끔찍하게 싫어한다. 왜냐하면 자기 자신을 똑바로 응시해야 하기 때문이다. 생각해보면 어린 날 '독후감'보다 '반성문'이 훨씬 쓰기 어려웠다. 그러나 자신을 성찰할 수 있는 좋은 방법이 있다. 그건 책을 보는 거다. 독서야말로 홀로, 이 우주와 맞서 오롯이 자신을 성찰 할 수 있는 시간이다. 아, 그러니까 결국 독서는 고독과 고통의 시간인 셈이다. 그러니 사람들이 절대 책을 읽지 않는다. 이해한다. 그래도 지적이고 싶으면 고독과 고통의 시간을 조금만 감수해보라. 어느 순간 독서의 즐거움을 알게 될 것이다.

넷째, 옳고 그름을 판단할 수 있는 비판적인 눈을 가져야 한다. 이것 또한 독서량이 아니면 절대 길러질 수 없다. 제발 좀 자기계발서 같은 책 말고, 시간의 검증을 거친 고전을 사보라. 자기계발서는 꽃잎에 맺힌 이슬 같은 거다. 영롱해보여도 금세 휘발되고 만다. 그러나 고전은 뿌리 깊은 나무가 온 힘을 다해 땅의 수액을 빨아당겨 취한 정령精靈이다.

책을 보라는 것은 어디까지나 인문학적 소양을 쌓기 위한 손쉬운 방법을 가르쳐준 것뿐이다. 늘 생명가진 것들에 대해 연민이 가득하고, 모든 죄는 남의 것을 탐내는 것에서부터 시작된다고 나의 어머니는 가르쳤다. 이렇게 책을 보지 않아도 인간이 어떻게 살아야 하는지를 아는 사람도 세상에는 많다.

마지막으로 한 가지 더 추가하라면 '언제, 어디서나, 누구라도, 사랑할 마음의 준비가 되어 있는 사람'이다. 이런 사람이야말로 비로소 인문학적 지식이 충만한 로맨티스트인 것이다. 이 글을 잘못 이해한 난봉꾼들은 조심해야 한다. 미투Me too(나도 당했다)는 계속된다.

남의 사랑을 질투하거나 손가락질하지 말고 스스로 로맨티스트가 되길 노력하는 건 어떨까. 그러면 세상은 훨씬 로맨틱해질 텐데. 어때요, 당신은 로맨티스트인가요?

스토너에게 기립박수를

아마 신문 서평을 보고 샀을 것이다. 늘 책을 산다. 일주일에 한번씩 나오는 신간 안내와 서평난을 꼼꼼히 읽으며 살 책을 메모해서 인터넷으로 주문을 한다. 당장 읽을 시간은 없어도, 읽고 싶은 신간은 사둬야 든든해진다. 그렇지 않으면 나중에 그 책을 구할 수 없게 되기 때문이다.

다른 물건에 대한 욕심은 크게 없는데, 책에 대한 욕심은 과소비에 가깝다. 한 달에 사들인 책을 대부분 다 읽지 못한다. 그래도 사둬야 안심이 된다. 시간이 날 때 천천히 읽기 시작하지만, 사실 새로 산 책들과 낯익히는 시간이 필요하다. 새 옷이나 새 신발을 사도 금방 입고 나가거나 신고 나가지 않는다. 그 물건들과 낯익히는 시간이 필요하다. 일주일이나 열흘쯤 옷장을 열고 혹은 신발장을 열고 한번 입어보거나, 한번 신어보고는 도로 넣어두며 낯을 익힌다. 가방도 마찬가지다. 그렇게 낯을 익힌 후부터는 엄청 아끼며 오래도록 같이 간다.

존 윌리엄스의 『스토너』와 같이 산 책들은 거의 읽었다. 산 책을 다 읽기도 전에 또 새 책을 사기 때문에 딱히 존 윌리엄스의 『스토너』와 같이 산 책인지는 알 수 없지만, 무라카미 하루키와 파울로 코엘료부터 집어들었을 것이다. 하루키와 코엘료 책은 하루에 다 읽을 수도 있지만 나는 그렇게 하지 않는다. 물론 책을 빨리 읽지도 못한다. 묘사한 문장이 내 머릿속에서 완벽하게 그림으로 그려질 때까지, 혹은 심리묘사의 감정이 내게 이입될 때까지 반복해서 읽는 버릇이 있다.

너무 빨리 책장이 넘어간다 싶으면 딴 짓을 하면서 잠시 독서를 쉰다. 사실 하루키나 코엘료도 예전처럼 미친 듯이 읽히지는 않는다. 읽다가 덮어두고 일주일이 지날 때도 있다. 그러다 '존 윌리엄스의 『스토너』가 눈에 들어왔다. 화장실에 가면서 그 책을 들고 들어갔다. 언제 샀던 책인지도 생각이 잘 나지 않았을 뿐 아니라, '스토너'가 무슨 뜻이지?, 인터넷에서 찾아볼까?, 하며 책을 집어들었다.

책 뒤표지에 실린 〈뉴욕타임스〉의 서평을 보고 '스토너'가 사람 이름인 줄 알았다. 책 디자인도 마음에 든다. 하얀 표지에 4B 연필로 사람 얼굴을 스케치하고 얼굴의 삼 분의 일쯤은 쌓아놓은 책으로 가려져 있었다. 디자인을 전공한 나는 책 디자인도 매우 따지는 편이다. 한참 하드보드지로 만든 양장본이 유행했던 적이 있다. 독자로서는 양장본이 책 읽을 때 무겁고 불편할 거 같지만 오히려 책을 펼치고 독서를 해본 사람이면 양장본 제본이 훨씬 읽기 편하다는 걸 알 수 있다.

원래 소장용으로 튼튼하게 만드는 것을 양장본이라고 한다. 양장본으로 제본한 책은 잘 펼쳐진다. 그러나 그냥 보통 종이로 제본한 책은 잘 펼쳐지지 않는다. 그게 싫어 책을 무리하게 펼치려다 책이 두 동강 나기도 한다. 그러다 재수 없으면 책이 낱낱이 떨어지기도 한다. 양장본 책은 장정도 예쁘고 책 보기도 편하지만 비용이 많이 드는 단점이 있다. 또한 너무 하얀 종이보다는 연한 미색의 재생지가 눈을 덜 피곤하게 한다. 나도 책을 열 권 가까이 출간해 보았지만, 내 마음에 완벽하게 드는 책 디자인은 한번도 없었다. 늘 별로 마음에 들지 않는 디자인을 출판사 사장이나 편집장이 강하게 밀어붙였기 때문에 그냥 그대로 갈 수밖에 없었다. 그 후 책에도 운명이 있다는 걸 알게 되었다.

책장을 넘기니 『스토너』를 향한 언론과 문단의 찬사가 두 페이지나 이어졌다. 뒤표지에서 대충 본 것이라 건너뛰었다. '윌리엄 스토너는 1910년, 열아홉의 나이로 미주리대학에 입학했다', 라는 첫 문장을 읽기 시작하면서 세 페이지도 넘기기 전에 나는 그 자리에 퍽 주저앉듯 얼굴을 가리고 말았다.

컬럼비아에 올 때 그는 시어스&로벅의 우편 카탈로그를 보고 주문한 검은 브로드클로스 양복을 가져왔다. 어머니가 달걀을 팔아 번 돈으로 사준 옷이었다. 아버지가 입던 낡은 외투, 그가 한 달에 한번씩 분빌에 있는 감리교회에 갈 때 입던 파란 서지 바지, 하얀 셔츠 두 장, 갈아입을 작업복 두 벌, 아버지가 가을에 밀을 수확해서 갚기로 하고 이웃에서 빌려온 현금 25달러를 가져왔다. 아침 일찍 아버지와 어머니가 농사를 지을 때 쓰는, 노새가 끄는 짐마차로 그를 분빌까지 데려다주었고, 그는 거기서부터 도보로 학교를 향해 출발했다.

어머니가 달걀을 팔아 번 돈으로 사준 옷이었다, 라는 문장부터 울컥 눈앞이 붉어지다가 끝내 얼굴을 가리고 말았다. 이 소설은 1965년 미국에서 출간되어 50년간 묻혀 있다가 2006년 '뉴욕 리뷰 오브 북스' 판으로 재출간되면서 전 세계를 매료시켰다. 1994년 작가 존 윌리엄스가 작고하고도 한참 후의 일이다.

나는 아스팔트 키드다. 도시에서 태어나 도시에서 자랐다. 아니지, 다섯 살까지는 과수원을 하는 시골에서 자라긴 했다. 그러나 농촌에 대한 기억은 하나도 없다. 그렇긴 해도 농경사회를 이해할 수 있다. 베이비붐 세대(1955~1963)는 농경사회와 산업화사회와 정보화사회를 다 거치며 살아가고 있다. 아마 전 세계적으로 이런 세대는 드물 것이다. 『스토너』를 읽고 위의 문단에 눈물 흘릴 수 있는 마지막 세대일지도 모르겠다.

아주 천천히 읽었고, 행여 빨리 다 읽어버릴까봐 반쯤 읽은 책을 멀찍이 밀어두기도 했다. 그러나 상담일을 끝내고나면 어느 새 또 『스토너』를 읽고 있었다. 이렇게 미친 듯이 나를 빨아들이는 책은 고등학교 때 읽은 헤르만 헤세의 『데미안』 이후 처음인 것 같다.

책을 아껴가며 읽기 위해 책을 덮고 길 건너 공원을 한 바퀴 산책을 하고 오곤 했다. 하루 종일 아무것도 먹지 않아도 배가 고프지 않았다. 커피와 물만 먹었다. 머리가 투명해지고, 정신이 명징해졌다. 가슴이 충만해져 '책읽기의 즐거움'을 참으로 오랜만에 맛보았다.

언제부턴가 책을 동시다발적으로 읽었다. 옛날에는 책 하나를 몇 날 며칠이고 끝까지 봤는데, 요즘은 여러 권의 책을 동시에 읽는다. 이 책을 읽다가, 저 책을 읽는다. 어느 날 쌓여 있는 책을 보니 책갈피에 클립이 끼워져 있는 책이 일곱 여덟 권이나 되었다. 독서력이 그만큼 산만하고 집중력이 떨어졌다는 말이겠다. 아니면 스폰지가 물을 빨아들이듯, '문자'를 빨아들이던 영혼이 조금 더럽혀졌는지도 모를 일이다. 그것도 아니면, '약간' 더럽혀져 있는 영혼을 매료시킬 만한 책이 없었는지도 모른다. 그러나 『스토너』를 집어든 순간부터 나는 『스토너』만 읽었다.

농부의 아들 윌리엄 스토너는 열아홉 살 때 농업을 공부하려고 미주리대학에 입학하지만, 셰익스피어를 만나 영문학자가 되어 교수가 된다. 어쩌다 악처를 만나게 되어 가정의 따스함을 느낄 수 없게 되고, 직장에선 자신의 신념과 윤리관을 굽히지 않아 동료 교수들로부터 왕따를 당한다. 그는 그 무엇과도(사랑조차) 타협하지 않고 슬픔과 외로움을 견디며 자신만의 길을 걷다 암으로 죽는다.

『스토너』를 읽는 내내 가슴이 저릿했던 것은 바로 내 모습을 보고 있는 것 같아서였다. 올해로 등단한 지 30년이 된다. 수많은 나날이 오고갔지만, 돌아보면 '하루'처럼 산 느낌이다. 그 동안 삶의 파도가 열두 번도 더 나를 허공에 말아올렸다가 사정없이 내동댕이치곤 했다. 이사는 열두 번쯤 다녔고, 식빵 살 돈이 없었던 적도 있었다. 삶이 나를 망망대해로 저만치 떠밀어내도, 어느 순간 나는 '책상' 앞에 앉아 있었다. '스토너'처럼 아무도 알아주지 않고, 아무도 자랑스러워하지 않아도, 그냥 글 쓰는 게 내 '길'이니까 그 길을 가는 것이다.

돈도 안 되고 훌륭한 작품을 쓰지도 못한다면 일찌감치 때려치우고 저잣거리에 나가 돈을 벌어야 마땅했다. 그러나 나는 그러질 못했다. 그럴 용기도 자신도 없었으므로 '스토너'처럼 고개를 수굿이 숙이고 온갖 비난과 왕따를 견디며 앞만 보고 걸어가고 있었다.

'스토너'는 무엇을 두려워했을까? 그는 곤궁한 생활에 대한 '조용한 슬픔'을 뼈 속까지 아는 사람이었다. 그는 셰익스피어를 만나 교수가 되지 않았으면 농부가 될 사람이었다. 그는 어렸을 때 겪은 절망적인 가난을 잊지 않고 있었다. 가난은 인간(그의 부모가 그러했듯)을 노동의 노예로 만든다는 사실을 알고 있었다. '처형장에 끌려가듯 남에게 빵을 구걸하러가는 사람들의 공허한 눈빛'을 알고 있었고, 보잘것없는 종신교수인 그를 '부러움과 증오'로 바라본다는 것도 알고 있었다. 결국 그는 자신이 좋아하는 일로 '밥벌이'를 하며 살아가는 일이 '파괴'되는 걸 두려워했던 것이다.

그 또한 일생을 '하루'처럼 살아냈다. 죽는 순간 그는 자신이 삶에 아무런 '기대'도 하지 않았음을 깨닫는다. 자신이 저술한 책이 아무런 가치도 없이 망각 속으로 묻힌다하더라도, 그의 작은 일부가 그 안에 있으며, 앞으로도 있을 것이라는 사실을 알고 있었다. 그래서 그는 죽음을 맞이하는 순간 세속적인 회한이 없다. 그의 영혼은 깨끗한 채로 이 세상을 떠났다.

존 윌리엄스는 한 남자의 일생을 숨막힐 듯이 아름다운 문장으로 촘촘하게 그려냈다. 마치 바늘 하나로 거대한 호수를 파듯이 말이다. (터키 작가 '오르한 파묵'이 소설가란 바늘 하나로 호수를 만드는 사람이라고 말한 적이 있다.) 얼핏 평범한 한 남자의 초상화에 불과하다. 그러나 그는 누구보다 자신의 삶을 사랑했고, 자신의 학문에 있어서는 언제나 파랗게 불타고 있었고, 그걸 학생들에게 전달하려 노력했다. 어떤 고난이 닥쳐도 자신의 길을 벗어나지 않은, 한 생명체의 삶은 우리 모두를 숙연하게 만든다. 이 책의 위대함은 거기에 있다.

그에겐 어떤 순간에도 그의 편을 들어주는 한 명의 친구가 있었고, 영원히 그를 기억하는 한 명의 연인이 있었으니, 그만한 삶이면 모두의 기립박수를 오래도록 받아도 될 것 같다. '스토너'에게 기립박수를 보낸다.

아들의 연인

티라노사우루스와 벨로시랩터와 안킬로사우르스를 사랑하고, 세상의 모든 차란 차는 다 사랑하고, 그 중에서도 슈퍼카 F1을 미친 듯이 사랑하던 아이는 자라 청년이 되었다.(아들의 얘기를 한번은 쓰고 싶어서 쓴다. 용서하시라.) 공룡 모형과 미니 장난감 자동차는 거짓말 조금 보태 한 가마니씩은 되었다. 어느 날 아들이 없을 때 몰래 반쯤 내다버리려다가 엘리베이터 앞에서 딱 걸렸다. 6살 아들은 눈물을 글썽거리며 왜 자신의 장난감을 허락도 없이 버리려하느냐고 했다. 몹시 상처받았는지 한동안 말이 없었다.

그 뒤로 아들 물건은 손도 대지 않는다. 나를 닮은 걸 대번에 알아차렸기 때문이다. 나는 쓸데없이 나의 손때와 추억이 깃든 물건을 잘 버리지 못하는 경향이 있다. 나도 외딸로 자랐고 아들은 나보다 더한 무녀독남이다. 그렇게 사랑을 많이 주고 키운 것 같은데도 홀로 장난감을 가지고 놀 때 보면 외로워보였다.

배 속에 있을 때부터 클래식 음악만 들었고, 태어나서는 잠잘 때도 놀 때도 클래식 음악을 들려주었다. 늘 차이코프스키나 모차르트나 베토벤이나 바흐나 리스트의 음악을 들으며 장난감을 가지고 놀았다. 공룡을 만들거나 레고로 차를 만들 때는 매우 골똘해서 불러도 돌아보지 않았다.

초등학교 들어가기 전부터 피아노 학원을 다녔다. 어느 날 차이코프스키의 〈백조의 호수〉 한 소절을 쳤다. 깜짝 놀라 벌써 이걸 배웠냐고 물으니, 그냥 매일 엄마가 들려줘서 한번 쳐본 거라고 했다. 청음이 뚫렸구나 싶었지만 모르는 척했다. 할아버지가 의사긴 했지만 그 당시 아이 아비는 월급쟁이였다. 강남에 산다고 음악을 시킬 만큼 다 경제력이 있는 것은 아니다. 아니나 다를까 초등학교 3학년 땐가 4학년 땐가 피아노학원 원장이 불렀다. 아들을 음악을 시키라는 것이다. 나는 그럴 만한 여력이 안 된다고 했다. 그 뒤 피아노 학원을 보내지 않았다.

그러나 아들은 예술적 재능이 많은 아이였다. 고등학교 들어가자 미술학원을 보내달라고 했다. 서울대를 나온 학원 원장은 그림 실력이 뛰어난 내 아들을 자신의 아들처럼 생각할 정도였다. 그러나 삼수 끝에 대학에 들어갔다. 서울 강남에서 미술대학교를 들어가기 위해 삼수를 한다는 건 수억 원이 든다는 말과 같다. 스웨덴 볼보 회사에서 공모한 광고디자인에 입상하기도 하고, 디자인 잡지에 네 번이나 표지에 실리기도 하고, 레드닷 어워드reddot award 그래픽 부문에서 1등을 해서, 구글과 픽사의 초청으로 샌프란시스코에 가서 워크숍도 하고 전시도 했다.

70여 년 만에 폭설이 내렸다고 난리를 치던 해, 아들은 군 훈련병이었다. 하루 종일 연병장을 쓸었다고 한다. 쓸어도 쓸어도 눈이 내려, 한순간 시시포스의 형벌이 생각났다고 했다. 무사히 제대해서 복학했고, 대학을 졸업하고 디자인 회사에 들어갔다. 그러나 디자인과는 거리가 먼 잔심부름만 시키고 월급은 열정 페이 수준이었다. 유학을 가거나 대학원에 갈 상황이 아니었다. 삼수를 할 때 아비는 부도가 났다. 누군가 부도가 난다는 건 이미 주위 피붙이들의 돈이 그 속에 들어갔다고 보면 된다. 더 이상 손을 벌일 염치가 없었고 아들은 학자금 대출을 받아 등록금을 냈고, 다니던 미술학원에 강사로 아르바이트를 하며 학교를 다녔다.

우리나라는 디자이너를 우습게 보는 나라다. 디자이너를 우습게 보는 나라는 후진국이다. 어쩌면 3류 표절 국가로 전락할지도 모른다. 디자이너뿐이겠는가. 모든 예술가를 돈으로 환산해서 줄을 세우는 나라다. 아무튼, 아들은 이제 다른 일을 한다. 이 나라에서는 더러워서 디자인을 안 한다고 했다. 명리학으로 본 아들의 운명은 30대 후반부터 대운이 들어온다. 내년이면 이제 아들은 30대 중반을 넘어 후반으로 들어선다.

아들만 생각하면 눈앞이 붉어진다. 사촌동생들이 모두 결혼을 해서 아이가 둘씩 되었다. 사촌 중에 가장 맏형인 아들은 결혼할 생각을 안 한다. 여자도 만나지 않는다. 또한 싱글이 하면 안 되는 짓은 다 한다. 애완견을 키우지 말고, 캠핑을 하지 마라. 둘 다 한다. 강아지는 두 마리나 키우고 한참 골프 연습을 하더니 이젠 캠핑을 다닌다. 키 180센티미터에 90킬로그램. 어릴 때부터 별명이 '베어'였다. 주말이면 20킬로그램이 넘는 배낭을 메고 전쟁터라도 나가듯 집을 나선다. 수컷들은 다시 군대를 보내든지 전쟁이 나든지 해야지, 저 짓을 안 하겠구나 싶다. 참으로 이상한 거는 아들의 아비가 주말마다 배낭을 지고 백두대간을 걷는다고 나갈 때는 천하에 보기 싫은 사람이 그 아비였다. 그러나 아들이 배낭을 지고 나가는 모습은 어쩜 그리 멋있는지.

아들의 아비는 '성배'를 찾아 오지로 떠나는 '인디아나 존스' 스타일이다. 물론 외환위기가 닥치지 않았으면 퇴직할 때까지 그냥 회사를 다녔을지도 모른다. 아들이 막 중학교에 들어갔을 때다. 그때 회사를 그만두고 중국으로 떠나 3년 만에 돌아왔다. 그 후 중국으로 흘러들어간 돈은 말해 무엇하겠는가.

처음 북경을 갔을 때 눈물이 터진 적이 있다. 해거름이었고 나는 택시를 타고 있었고 언덕 아래로 거대 도시 북경의 마천루들이 보였다. 차가 조금 밀렸는데 바로 눈앞의 나무 아래 한 남자가 쪼그리고 앉아 있었다. 낡은 자전거를 옆에 세워두고 그 마천루들을 바라보며 처연히 담배를 피우고 있었다. 그 남자의 작은 등은 '절대 고독'이라는 단어를 떠올리게 했다. 저 남자도 저 도시의 욕망의 파도에서 밀려났구나 싶었다. 중국은 거대한 늪 같다는 생각이 들었다. 모든 걸 다 빨아들이고도 시침을 뚝 떼는 늪 말이다.

— 여자 친구나 좀 만나라.

배낭을 지고 나서는 아들에게 기어이 한마디 하고 만다.

— 돈 먼저 벌고요. 걱정 마세요. 만날 때 되면 만나겠죠.

하기야 아들은 돈만 벌면 된다. 요리 잘하고 설거지 잘하고 세심하고 자상하다. 그러나 요즘 세상에 돈 없는 남자에게 시집 올 여자는 없다. 세상의 모든 여자는 '신데렐라 콤플렉스'가 있고, 세상의 모든 남자는 '금홍이 콤플렉스'가 있다. 신데렐라 콤플렉스는 다 알다시피 왕자를 만나는 것이다. 금홍이 콤플렉스는 금홍이를 만나는 것이다. 금홍이는 시인이자 소설가 '이상'의 운명의 여인이다. 금홍이는 다방과 술집을 하며 생계를 책임지고 '이상'은 그 당시로서는 난해한 시와 소설을 썼다. 남자 입장에서 보면 금홍이 같은 여자를 만나는 게 '삼성전자' 들어가는 것보다 낫다. 그러니 세상에는 결혼하지 않는 처녀 총각이 넘쳐나는 것이다. 사랑이 '미신'이라는 걸 그들은 일찌감치 알아차린 것이다.

오랜 지인인 일본 여자가 있다. 엄격히 말하면 제일교포지만 한국 남자와 결혼해서 한국에서 산다. 그녀는 딸이 두 명 있다. 큰딸은 일본에 있고 둘째는 한국에 있다. 큰딸이 마흔이 다 되었고 둘째는 세 살 어리다. 그런데 딸 둘 다 결혼할 생각을 하지 않고 자신의 일을 더 사랑한다고 했다. 웬만한 남자는 눈에 차지 않는다는 것이다.

— 마, 영희씨 우리나 즐겁게 살다 죽읍시다. 저들이야 결혼을 하든 말든.

점점 남자들이 힘든 세상이 되는 것 같다. 돈 없고 능력 없으면 결혼도 할 수 없는 세상이 되었다. (아들 가진 엄마 입장에서 그렇게 느껴진다.) 현모양처라거나 희생적인 모성애는 점점 희박해지는 것 같다. 누구도 희생하려 들지 않는다.

요즘 남자는 능력도 있어야 하고, 돈도 있어야 하고, 페미니스트여야 하고, 부성애가 강해야 하고, 어떤 상황에서도 흑기사여야 하고,

사나이다워야 하고, 부모가 못 살아도 안 되고 너무 오래 살아도 안 되고, 너무 효자여도 안 되고, 못사는 형제와 우애가 깊어도 안 되고, 골프나 낚시나 등산이나 캠핑에 미쳐도 안 되고, 술이나 도박이나 여자(혹은 남자)에게 미치는 건 더 더욱 안 되고, 아파도 슬퍼도 외로워도 눈물을 보여서는 안 된다. 야성이 있어도 안 되고 야성이 없어도 안 된다. 야성이 없으면 '루저' 같다 하고, 야성이 있으면 페미니스트가 아니라고 한다. 슈퍼맨만이 살아남는 세상이 되었다(페미니스트들이 엄청나게 공격할 거 같은 예감이 든다).

아들들의 고난시대다. 고난은 석복수행惜福修行을 하는 시기다. 석복수행은 복을 아끼는 수행이 아니라 '복을 저금하는 수행'이라고 나는 생각한다. 어느 순간 물항아리에 물이 가득 차듯 저금한 복이 가득 차기를 바란다. 아, 그때쯤 아들의 연인이 운명처럼 나타나기를 빌어본다.

어느 소설가의 초상

어느 소설가는 K다. 이름을 밝힐 수도 있지만 그냥 이니셜 K라고 하기로 했다. K를 안 지 40년이 된다. 그를 못 본 지는 36년이나 된다. 다시 말해 K를 대학 때 보고 못 봤다는 말이다. 그는 내가 대학 일학년 때 '천마문학상'에 120장짜리 단편소설 「코스모스」를 응모했을 때 심사를 했다. 물론 그도 학생이다. 겨우 나보다 한 살 많은.

뭘 썼는지는 기억에 없다. 아마 필시, 짝사랑에 관한 얘기였을 것이다. 그즈음 나를 가장 아프게 하는 게 짝사랑이었으므로. 쓰지 않으면 미칠 것 같았으니 썼을 것이다. 그렇게 토해내곤 한동안 잊고 지냈다. '유쾌한 배설물'을 오래 기억하지는 않는다. 대개 글쟁이들은.

어느 늦은 가을이었다. 실기실 앞 잔디가 누렇게 변해 있었고, 남학생들이 따스한 양지에 모여앉아 담배를 피우며 담소를 나누던 계절이었다. 밖에 누가 찾아왔다고 했다. 나를? 누가 날 찾아온단 말인가. 실기실 밖에는 전혀 안면이 없는 남학생 두 명이 서 있었다. K와 H였다. 기억이란 자기가 기억하고 싶은 것만 기억하거나 혹은 스스로 재구성해서 기억하므로 혹여 사실과 다르더라도 어쩔 수 없다. 특히 나 같은 소설가들이 그러하다. 내 기억에 K는 연극하는 H와 같이 나를 찾아왔다.

K는 키가 크지도 작지도 않았고, H는 K보다 조금 더 왜소하고 작았다. K는 우뚝한 코에 눈까지 내려오는 '테리우스' 머리를 하고 있었다. 눈은 삽화 속의 눈처럼 정지된 눈빛이었다. 어딘가를 응시하고 있는 눈빛인데 굳이 돌아보면 그곳에는 아무것도 없었다. 그저 그는 허공을 보고 있었다.

그는 「코스모스」라는 단편소설을 잘 읽었다고 했다. 물론 천마문학상에 당선되지는 않았다. 미대생이 소설을 써서 너무 궁금해서 찾아왔다고 했다. 곧바로 막걸리를 마시러 갔던가. 그랬을 것이다. 커피 마실 돈이면 막걸리 한 주전자를 마실 수 있었으니까.

얼굴은 제법 살도 있고 턱도 로마제국 장군 '아그리파'처럼 튼실하게 생겼다. 그러나 몸은 형편없이 말라 있었고, 손가락은 가늘고 하얬다. 저 손으로 노동은 못하겠구나 싶었다. K는 철학과에 다닌다고 했다. 나중에는 국문과로 전과해서 졸업한 걸로 안다.

그의 주변에는 늘 술꾼들이 많았다. 시를 쓰거나 소설을 쓰거나 혹은 연극을 하는 부류였다. 그들은 나와는 다른 부류의 사람들이었다. 어쩐지 퇴폐적이고, 염세적이고, 종말론자들이고, 말세주의자들이고, 세상과 불화하는 자들이고, 상처받은 자들이며, 영원히 표류하는 섬 같은 자들이며 그리고 그들은 가난했다. 안주는 파전 하나 시켜놓고 막걸리는 몇 주전자째 마시는지 모른다. 아무도 안주를 덥석덥석 집어먹지 않았다. 생각해보면 K가 술 이외에 음식을 먹는 걸 별로 보지 못한 것 같다. 그는 담배연기와 술만 먹었다.

그러나 분명 나는 그런 그들에게서 동병상련을 느꼈을 것이다. 가령 도덕주의자들 땅에서 영원히 추방당한 떠돌이들의 비애 같은 거 말이다. 가는 곳마다 슬픔만이 그들의 잔을 채우고, 그 슬픔을 마시고 한순간 반짝이다 스러지는 이슬 같은 삶의 아름다움을 노래하는, 상처받은 자들.

통행금지가 있던 시절이었다. 아무리 늦어도 11시 반에는 일어나서 택시를 타야 했다. 술값을 참 많이도 내준 것 같다. 그냥 자연스러웠다. 난 언제나 돈이 있었고 그들은 언제나 돈이 없었다. 차비까지 챙겨주고는 했다. 무슨 얘기를 했는지 기억나지 않는다. 삶과 문학과 사랑과 철학과 예술과 인생과 노래와 연극에 관해 얘기했을 것이다.

어느 날 전화가 왔다. 신동에 있는데 차비가 없어 대구 집으로 갈 수가 없다고 했다. 칠곡군에 있는 신동은 완행열차를 타고 한참을 가야 하는 면이었다. 나는 아버지 카메라 캐논을 어깨에 걸치고, 흰 남방에 청바지를 입고, 긴 머리를 흩날리며 동대구역에서 신동 가는 완행열차를 탔다. 여름이었다. 들판은 한창 자라는 벼들로 푸르렀다. 어쩜 그때 처음이자 마지막으로 완행열차를 타본 것 같다. 이미 새마을호 열차가 있던 시절이었다.

신동역에는 K와 연극하는 H가 마중 나와 있었다. 그들의 양손에는 '환희' 담배 껍질을 나무젓가락에 붙여 만든 환영 깃발이 들려 있었다. 그들은 '환희'를 흔들며 나를 환영했다. 만 원만 있으면 통닭 한 마리에 막걸리 여러 병을 먹을 수 있었다. 신동의 어느 정자에서 통닭과 막걸리를 사와 실컷 먹고 마셨다. 그러고도 대구로 갈 기차표 값이 해결되었다. 그들은 나를 '구세주'라고 했다.

신동면은 서너 명의 술꾼 중에 누군가의 고향이었다. 고향인 친구가 신동면에 왔다고 못인지 저수지인지 모를 물을 구경시켜 주었다. 물은 언덕을 올라가야 있었다. K는 나를 언덕에 앉아 있게 하고 내가 가져간 카메라로 사진을 찍어주었다. 무릎을 세우고 앉아 멀리 바라보는 모습이었다. 살짝 역광이었고 바람이 불어 내 긴 머리칼이 흩날리는 모습이었다. 한순간이 영원이 되었다. 그 흑백사진을 참 좋아했는데 어디로 갔는지 모르겠다. 아마 아직도 대구집 어느 앨범에서 누렇게 변색되어가고 있을지도 모른다.

30년 전쯤 K가 현대문학에 근무할 때, 말죽거리 어디에서 만나기로 했는데 어긋나서 못 만났다. 그와의 통화는 그게 다였다. 그 통화도 그가 나를 찾아내어 전화를 한 거였다. 나는 그때 이미 중앙문단에 등단을 했었고, 그는 나보다 삼 년 후 『현대문학』으로 등단했다.

K에 대해 아는 건 그게 다였다. 그에 대한 기억이란 늘 술에 취해 있었고, 늘 가늘고 하얀 손가락으로 담배를 피우던 모습이 남아 있다. 가끔 어떤 얘기를 심각하게 하다가 히죽 웃곤 했다. 마치 이 세상 모든 일이 한갓 허망한 꿈인데 우리가 이렇게 찧고 까불고 광분하고 있다는 듯이 말이다. K는 내가 가고자하는 세계에, 내가 그리워하는 세계에 이미 터줏대감으로 자리잡고 있는 사람 같았다.

세월이 흘렀다. 페이스북을 하게 되었다. 페이스북은 외로운 사람들이 찾아낸 천국이다. 사람마다 페이스북을 하는 이유가 여러 가지 있겠지만 말이다. 내 눈에는 그랬다. 한밤 홀로 깨어 있을 때도 페이스북 친구들 중 누군가는 깨어 있다. 그들은 '모스부호'를 허공에 날리듯 문장을 찍어 날린다. 나, 여기 살아 있어!, 하고. 온라인 세계에 갇혀, 아니 이 망망한 우주 속에 갇혀 자신이 살아 있음을 누군가에게 SOS 신호를 보내는 것이다. 나 또한 그러하다. 긴 글이나 짧은 문장으로. 혹은 '좋아요'로 응답한다.

그러다 어느 날 K가 나타났다. 빛바랜 흑백사진 속에서 튀어나오듯 나타났다. K가 페이스북을 시작한 5월 하순이었다.

— 영희씨 오랜만…. 어떻게 이곳은 세월이 거꾸로 가는지 발랄한 꽃향기 정말 좋네요.

세상에 K가 살아 있었다. 그즈음 내 페이스북에는 난꽃이 만발한 사진을 몇 점 올렸었다.

— 참 나, 도대체 뭡니까? 어느 돌 밑에 숨어 있다 나타난 겁니까? 살아는 있었군요.

— 나는 좀 긴 꿈을 꾸고 깨었다 싶은데 세월이 많이 흘렀네요. 이젠 좀 다르게 부지런히 살아보려고.

36년 만에 주고받은 대화다. 이번에도 그가 나를 찾아냈다. 나는 K에 대해 몇 컷의 이미지로만 기억할 뿐, 그에 대해 아는 게 아무것도 없었다. 페이스북에 올라오는 글들로 그가 어떤 사람인지 손톱만큼씩 알게 되었다. 그러나 K는 은근히 '스토커'처럼 내 소설책들을 챙겨보고 있다고 했다. 무섭다고 해야 하나, 고맙다고 해야 하나.

중학교 일학년 때 K의 아버지가 돌아가셨다. 그의 눈에 비친 짧았던 아버지의 삶은 '바람이요 구름'이었다. 늘 어디론가 떠돌아다녔고, 언제나 떠나갈 채비를 하는 손님 같았다고 했다. K의 아버지는 한국전쟁 중에 '통역장교'로 복무했다. K의 아버지는 얼마 전 국방부에서 '6·25 무공훈장 찾아주기' 대상자가 되어, '화랑무공훈장'을 받았다며 훈장 사진과 함께 글을 올렸다.

난 그 글을 읽으며 그 무공훈장이 아버지의 부재로 자란 K의 청소년기와 맞바꾼 대가구나 싶었다. K의 아버지는 이기와 탐욕과 투쟁으로 가득한 세상과 맞지 않는 사람이었다. 외롭게 자란 K는 고등학교 때부터 술을 마셨다고 했다. 8월 15일 새벽 3시 22분에 올린 그의 시 한 편이 K를 아는데 도움이 되었다.

장마가 시작되면
입원하셔야죠
의사는 내 병상을
비워두겠단다
술 끊었다니까요
나는 쓸쓸하게 웃는다

— 강석하의 시 「아직도 비가 내리면」 중에서

K는 15년 전 급성 알코올중독 발작으로 입원했다. 대부분 환자들이 겪는 섬망증과 함께 수시로 죽은 이들이 말을 걸고 그의 방에서 함께 생활했다고 한다. 견디다 못한 그는 자의로 병원에 입원을 했다. 그는 폐쇄병동에서 수감자처럼 생활했다. 입원과 퇴원을 세 번

이나 반복했단다. 그러나 지금은 13년째 단주 중이라고 시 아래 긴 주석을 달았다. 좋아요 254개. 댓글139개.

— 강석하 씨! 이렇게 부르고나니 더욱 아득하네요. 그대를 만난 지도 40년. 아득한 세월이군요. 못 본 지는 36년. 어느 돌 밑에 숨었다 나왔냐고 했더니, 잠시 긴 꿈을 꾸고 나왔다고 했던가요? '매트릭스'의 세계에서 빠져나온 걸 환영합니다.

나도 댓글을 달았다.

— 글쎄요. 후유증이 너무 커서 아직 완전히 빠져나왔다고 할 수는 없겠습니다. 내가 영희 씨 앞에 모습 보인다면 그때는 그리 생각해도 될 테지요.

K의 답글이다.

K에 대해 다 알아버린 느낌이었다. 그는 매일 한 편씩의 시詩를 올렸다. 그 동안의 시들로 미루어 짐작해보면 아내는 오래 전에 떠나갔고, 노모와 단 둘이 살며, 미국에 예쁜 손녀가 있었다. 무엇보다 그의 외로움이 시 전편에 깔려 있어 매일 매일 올리는 시가 절창이다. 그의 시를 읽고 있으면 아득하여 가슴이 아리다. 그냥 시가 너무 좋다, 라고밖에 할 말이 없다. 이렇게 바람에도 베일 듯이 여린 영혼의 소유자를 마주하면, 너무 더럽혀진 듯한 내 영혼이 보여 울고 싶어진다.

예술가는 고독해질 권리가 있다. 그나마 의무가 아니니 다행 아닌

가. '작가는 영원히 자신의 섬에 유배당한 자', 이다. 그 말이 K에게만큼 잘 맞아떨어지는 작가를 본 적이 없다. 건강이 안 좋아 페이스북을 쉬라고 의사가 처방을 내린 적이 있다. 그러다 얼마 지나지 않아 K는 다시 매일 시 한 편씩을 올렸다.

외로우니 참 좋다

찾아갈 이도
찾아올 이도 없이
내 그림자 벗 삼아
묵묵히 선문답 주고받는
일요일 오후의
나른한 하품

산수화의 여백 같은 삶이다

— 강석하의 시 「행복」 전문

그의 시를 보는 즐거움과 동시에 촛불처럼 그의 생이 조금씩 타들어가고 있는 듯해, 나는 한동안 그의 시를 읽지 못했다. 어쩜 이 생에서 그를 보지 못하고 지나갈지도 모른다. 영원히 만나지 못하는 두

행성처럼 말이다. 그가 어떤 모습으로 나이가 들었을지 궁금하지 않다. 그의 시가, 그의 소설이 어떻게 변화하고 있는지 궁금할 뿐이다.

언젠가 페이스북에서, 영희 씨에게 술빚이 많은데 언제 갚을지 모르겠다고 하길래, 술은 영원히 내가 살 테니 아프지만 마시라고 댓글을 남겼다. 나는 그때만 해도 그가 몹시 아픈 줄 알았다. 아, 나야말로 말빚을 지고 말았다. 술은 '평생' 내가 살게요, 라고 했어야 하는데. 술은 '영원히' 내가 살게요, 라고 한 것이다.

K와의 환생주기가 어떤지는 모르겠으나 백 년 혹은 천 년 후 다시 만난다면, 나는 술을 사야 한다. 어쩜 이미 알 수 없는 생에서, 내가 K에게 한 말빚을 이 생生에서 조금 갚은 건지도 모른다.

K는 피안을 그리워하기도 하는데 내가 보기에 그는 이미 피안의 세계에 들앉아 있는 것 같다. 혹은 적어도 지금, 여기는 아닌 어떤 공간에 말이다.

이십대 초반, 청춘의 푸른 꿈을 같은 시간, 같은 공간에서 꾸었던 사람은 그리 많지 않다. 내 생에 K는 귀한 사람으로 기억될 것이다. 그가 오래오래 건강하게 건필하길 신神에게 빌어본다.

돌아온 리베카

— 인류가 다 엄마 같은 사람만 있으면, 지금쯤 자전거를 만들어볼까?, 하고 생각할 겁니다.

아들의 말이다.

늘 문명의 속도에 현기증을 느낀다. 모름지기 작가란 물질문명에 브레이크를 거는 존재라야 한다. 하여 나는 본업에 충실한 편이다. 그렇다하더라도 그를 너무 늦게 알았다. 도무지 텔레비전을 잘 보지 않을 뿐 아니라, 유튜브도 편식이 심해 내가 보고 싶은 것만 보기 때문이다. 내가 정신적인 멘토라고 생각하는 지인이, '양준일'을 아느냐고 물었다. 그때부터 그를 검색했다.

그의 얼굴은 한마디로 peace, 평화였다. 감히 말하는데 내 주변에서 저런 눈빛을 한 사람을 본 적이 없다. 하물며 댄스 가수가 선한 얼굴로 잠언箴言을 전한다. 존재 자체가 발광체가 되어. 그는 선지자 같다. 선지자란 예언하는 자, 말하는 자라는 뜻이다. 혹은 깨달아 아는 사람이기도 하다. 내가 평생을 허공에 머리를 찧으며 겨우 깨달은 것들을 그는 어린아이처럼 아무렇지도 않게 말한다.

종교를 가진 어떤 사람들은 이념에 경도된 권력자처럼 남을 교화하려 든다. 잠시 방심하면 목에 핏대를 세우며 '구원'에 대한 '말씀'을 '세뇌' 당해야 한다. 주위에 그런 사람 천지다. 특정 종교를 강요하는 사람은 자신이 남을 불편하게 만드는지 모른다. 그건 거의 언어폭력에 가깝다. 무교도 종교다.

그는 종교에 지친 사람들 앞에 선지자처럼 나타나, 눈과 귀를 즐겁게 하며 '선한 바이러스'를 전파한다. '감사합니다'를 연발하며 겸손한 몸짓으로 스크린 속에서 쓰윽 리얼리티의 세계로 걸어나왔다. 고단한 삶을 사는 사람들에게 던지는 지혜로운 말들을 어떻게 저렇게 쉽고, 단순하고, 솔직하게 말할 수 있을까.

예수님과 부처님, 노자와 공자가 2,500년 동안 설파한 겸손과 감사와 남을 섬기고, 남과 나누며, 우리가 다 함께 교감하며 함께 살아가야 한다는 걸 체득한 사람처럼 말이다. 그는 남에게 '베푼다'는 단어를 쓰지 않았다. '나눈다'는 단어를 사용했다, 남에게 무시당하지 않기 위해 배우고, 남을 무시하지 않으려 배우며, 그 배움이 남을 위한 섬김과 존중으로 이어지지 않고, 남을 깔보기 위한 거라면 인간은 교만해지고 맙니다. 한 순간 머리는 도끼날 먹은 장작처럼 얼얼하다.

— 인간은 빵만으로 살 수 없습니다. 인간은 인간과 교감하지 않으면 죽고 말아요. 왕따가 무서운 이유고, 고독이 무서운 이유입니다.

그는 지금 아리스토텔레스의 '인간은 사회적 동물이다'라는 명제를 얘기하고 있지 않은가. 인간은 혼자 살 수 없으며 서로 교감하는 동물이란 뜻이다. 인간의 궁극적인 목적은 행복이다. 아리스토텔레스는 '어떻게' 하면 인간이 행복하게 살 수 있을까를 체계적으로 정리했다. 인간은 교감하는 수단으로 문화예술을 창조한다. 인간이 '만물의 영장'이라고 하는 이유가 여기에 있다. 선진국일수록 문화예술인을 소중이 여기고, 후진국일수록 문화예술인을 하찮게 여기는 경향이 있다.

나는 울컥하는 심정으로 짐작해본다. 그는 천 길 낭떠러지 앞에 서본 경험이 있는 사람이며, 죽음의 문 안쪽에 한 발을 걸쳐본 사람이며, 생존과 막다른 골목에서 맞닥뜨려 밥을 굶어본 사람이며, 어느 순간 신神에게 납작 엎드린 사람이다. 그런 사람만이 어떤 쓰나미가 와도 초연할 수 있다.

그는 1991년 댄스곡 〈리베카〉로 데뷔했다. 사랑하는 여인 리베카와 헤어짐의 아픔을 노래한 〈리베카〉는 1980년대 후반에 미국에서 만들어진 '뉴 잭 스윙New Jack Swing'이라는 장르에 속한다. 창시자는 가수 겸 프로듀서인 흑인 '테디 라일리'며 엄청난 인기를 누렸다. 리듬은 힙합이고 멜로디와 화성은 소울이다. 각 악기의 리듬은 단순하고 유치한데, 한데 어우러지면 굉장히 매력적이면서, 사람들의 가슴속에 잠재되어 있는 원초적인 흥興을 건드리는 사운드를 만들어낸다. 대표적인 음악이 마이클 잭슨의 〈댄저러스Dangerous〉이다.

어릴 때부터의 꿈을 이루었는가, 하는 순간 그는 그리스 신화 속 이카루스처럼 추락한다. 시대를 앞서갔던가. 그는 대한민국으로부터 왕따를 당한다. 생계를 위해 영어강사를 하다 미국으로 돌아가서는 식당에서 서빙을 하며 살았다.

일찍이 잉게보르크 바하만(오스트리아 시인)은 '추락하는 것은 날개가 있다'고 했다. 바하만은 옳았다. 추락하는 양준일은 30년간 날개가 자라고 있었다. 자신의 겨드랑이에서 조금씩 자라고 있는 날개를 자신도 몰랐을 것이다. 그 날개는 보이지 않는 날개였으며 결코 밀랍으로 붙인 날개가 아니었다.

어느 날 그는 앨버트로스처럼 큰 날개를 펄럭이며 '슈가맨'이 되어 돌아왔다. 슈가맨은 영화 〈서칭 포 슈가맨〉(말릭 벤젤룰 감독)에서 따온 말이다. 잊힌 멕시코계 미국 가수 로드리게즈를 찾아가는 여정을 그린 영화다.

우리 모두는 잊힌 존재며, 우리 모두는 슈가맨이 되어 부활하고 싶다. 그 열망을 그가 해냈다. 슈가맨이 되어 돌아온 그를 보며, 우리는 '대리만족'으로 열광하며 힐링한다.

양준일의 무대를 처음 봤을 때, 2010년 LG아트센터에서 본 독일인 현대무용가 '피나 바우쉬(1940~2009)'의 대표작 〈카페 뮐러〉가 떠올랐다. 한때, 나는 현대무용에 빠져 졸고 『슬픔 잠』(1997)이라는 장편소설을 출간하기도 했다. 『슬픔 잠』은 현대무용가가 구원의 수단으로 춤을 선택하는 이야기다. 현대무용을 보러갔는데 무용수가 무대에서 말을 했다. 깜짝 놀랐다. 피나 바우쉬는 1973년부터 기존의 무용 개념을 깨는 혁신적인 표현법과 주제의식으로 이름을 알리기 시작했다.

십 년 전이지만 내 기억으로 '카페 뮐러'에서 어느 여인은 늘 남자를 기다린다. 그러나 남자들은 그녀를 계속 버리고 떠난다. 그녀는 기다림과 외로움에 지쳐갔다.

— 기다리고, 기다리고, 기다리고, 기다리고.

외로움에 몸부림치듯 여자 무용수가 한국말로 '기다리고'라는 단어를 절규처럼 내뱉는다. 아, 무용수가 대사를 읊다니. 현대무용에 연극을 도입했다. 충격이었다. 현대무용이라고는 해골을 품에 안고 뉴욕 무대에 선 '홍신자' 정도만 알던 때였다.

다음 작품 〈봄의 제전〉의 결렬한 군무의 아름다움은 말로 표현하는 순간 희석될 것이다. 나는 이미 세상을 떠난 피나 바우쉬가 인쇄된 팸플릿을 보고 또 보았다. 온통 주름투성이인 68세의 깡마른 여인의 얼굴과 몸이 이토록 아름다울 수 있다니. 가슴이 떨려왔다. 나는 한동안 밥을 먹지 못했다.

그녀의 팬인 스페인의 거장 감독, 페드로 알모도바르의 영화 〈그녀에게〉(2002) 첫 장면은 '카페 뮐러' 무대에 선 피나 바우쉬를 앵글에 담은 것으로 유명하다. 코마 상태인 발레리나 병실 벽에도 하얗고 긴 속치마를 입은 60대의 피나 바우쉬의 사진이 걸려 있다. 얼마나 그녀를 좋아했으면 라스트신도 피나 바우쉬의 1998년 작 〈마주르카 포고Masurca Fogo〉(불타는 마주르카)의 무대로 끝이 난다.

노래하는 양준일을 보는 순간 춤으로 연극을 하는 피나 바우쉬가 생각났고, 동시에 그는 몸으로 노래를 하는, '노래하는 무용가'라는 생각이 들었다. 그는 몸으로 노래를 전했다. 깡마른 50대의 몸. 두 팔을 벌렸을 때, 이쪽 손가락 끝에서 저쪽 손가락 끝까지의 길이가 앨버트로스의 날개처럼 거대해 보였다. 실지로 그는 날개짓을 하는 동작을 자주 한다. 그의 노래와 춤은, 온몸으로 영혼을 표현하는 현대무용 같다. 그는 자신의 춤 동작을 '아름다운 선線'을 만드는 '퍼포

먼스performance'라고 말했다.

아름다움은 슬픔의 현을 건드린다. 그래서 인간은 아름다움을 보면 눈물이 난다. 눈물은 인간의 영혼을 정화시킨다. 많이 울어라. 눈물이 많은 자는 영혼이 날로 깨끗해 질 것이니.

그는 소비될 것이다. 예술가든, 대중문화 예술가든 소비된다. 그건 그들의 숙명이다. 그러나 불멸하는 대중문화 예술가들도 많다. 기약 없이 떠나버린 나의 사랑 리베카. 이제 리베카는 돌아왔다. 돌아온 리베카에게 바라노니, 제발 천천히 소비되기를. 너무 많이 훼손되지 말기를. 우리들 가슴에 불멸하기를.

요리, 개백정 이야기

2020년 3월 10일 화요일 00 : 30.

중국 중부 후베이성 우한에서 집단으로 발병한 바이러스성 폐렴(코로나19 바이러스)이 시작된 지 석 달째 접어들고 있다. 3, 4월에 결혼 날을 받아간 사람들이 가을, 겨울로 미룬다고 다시 날을 받으러 왔다. 웨딩홀 위약금을 50%나 물었다고 했다.

110여 국가에서 한국인 입국을 거부한다는 뉴스가 나왔다. 대한민국은 석 달 사이 100여 나라가 입국을 거부하는 후진국으로 후퇴한 듯했다. 우리나라는 자원이라고는 '인재'밖에 없는 나라다. 수많은 인재들이 의과대학으로 몰려갔다. 전 세계가 4차산업을 부르짖고 있거나 말거나 내일의 '밥벌이'를 위해 그들은 의과대학으로 향했다. 벤처사업이나 혁신을 하다가는 조선시대 마차를 만든 '장영실'처럼 감옥갈 수도 있기 때문이다. 의과대학을 가지 않은 두뇌들은 외국으로 나가 돌아오지 않는다.

— 머리나 배 아픈 사람 없습니까? 머리나 배 아픈 사람 없습니까?

외과전문의였던 시부媤父는 하도 많은 의사들이 배출되자, 미래에는 채권장사처럼 골목골목 의사들이 왕진가방 들고 돌아다닐 것이라고 농담을 했다.

그 수많은 인재들은 어느 물 밑에 있단 말인가. 코리아는 코로나의 천국이 되었다. '신천지'라는 사이비종교까지 설치는 바람에 내 고향 대구는 코로나19 바이러스라는 핵폭탄에 맞은 도시로 변해버렸다. 연로한 부모님은 창살 없는 감옥에 갇히셨다. 500년 만에 처음으로 서문시장이 문을 닫고, 거리는 유령도시처럼 사람의 그림자가 보이지 않는다.

침방울에 닿지 않고 피부접촉만 하지 않으면 감염이 안 된다고 하니, 나가실 때는 마스크를 하고 나갔다오면 손을 씻으라고 아무리 말을 해도 어머니는 공기 중에 바이러스가 돌아다니는 줄 알고 집안에서 꼼짝도 하지 않는다.

마스크 수급에 문제없다고 하더니, 마스크 구매 5부제를 실시하고 있다. 세계 13위 경제대국인 대한민국에 마스크 대란이 일어났다.

아무리 뉴스를 봐도 속 시원한 것은 하나도 없다. 국가에 재난이 닥쳤는데, 정부는 무슨 생각을 하고 있는지 알 수가 없다.

국민이 나라를 이토록 걱정해야 하다니. 나라 임금이 누구인지 몰라야 태평성대이거늘, 눈만 뜨면 우리 국민은 대통령 걱정과 나라 걱정과 4월 15일로 다가온 총선에 온통 영혼을 팔고 있는 위정자들 걱정으로 해가 저문다. 아무리 눈 씻고 돌아봐도 위정자들 속에 애국자가 없다. '애국자'란 나라를 사랑하는 사람이다. 온 국민이 애국자인데, 그 국민을 책임질 위정자들은 오직 자신의 이익과 명리만을 좇고 있다.

— 지금 정치인들은 사공선후私公先後를 하고 있어요.

공직에서 물러나 하버드 케네디스쿨에서 공부하고 온 지인이 한 말이다. 나라의 이익보다 개인의 이익을 우선한다는 말이다. 잠시 대화가 끊어졌다. '사공선후'란 말이 아프면서도 슬프게 들렸다.

집권당은 내우외환內憂外患을 잘 다스려야 한다. 그들에게 나라 안의 근심은 국민들의 건강이나 경제가 아니라, 오직 야당 국회의원들을 이기는 것이란 말인가. 현재 보수인 야당을 다 '궤멸'시키고 나면 어쩌자는 것인가. 새는 좌우의 날개로 날아간다. 야당 또한 마찬가지다. 새로운 정책을 내놓지도 못하면서 이합집산離合集散으로 누구의 우산 아래 들어가야지만 살아남을 것인가만 생각한다. 사교육천

국인 대한민국에 '정치인'을 양성하는 학원은 왜 없단 말인가. 오호 통재라!

아이들은 개학이 또 연기되었고, 외국계 회사는 거의 재택근무를 하고 있다. 모두들 집에서 무엇을 하고 지낼까. 뉴스를 보거나 영화를 보거나 〈미스터 트롯〉을 보며 시간을 죽이고 있을 것이다. 나는 원래 '자가격리 스타일'이지만 더 이상 볼 영화가 없어지자 슬슬 지루해지기 시작했다. 황반에 변성이 일어나기 시작한 시력은 급격히 나빠져 책을 오래 보고 있기란 쉽지 않다. 그러다 〈손자병법〉(2008년)을 보기 시작했다. 중국 춘추전국시대를 배경으로 제, 초, 오, 월 등 각 제후국의 흥망성쇠를 통해 손무가 최고의 병법가로 성장하는 과정을 담은 드라마다.

천하의 귀재 제갈공명이 있기 전에 손무가 있었다. 제갈공명이 구사하는 모든 병법은 손무가 저술한 병법이 기초였다. 『손자병법』은 현존하는 병법의 바이블bible이다.

손무는 원래 제나라 사람인데 당파싸움을 피해 떠돌다 오나라 사람인 스승을 만나 오나라에 정착한다. 그는 십여 년간 숲에서 은둔하며 병법을 저술한 후 세상으로 나간다.

뜻이 원대한 사람만이 세속을 초월해서 은둔할 수 있다. 그는 천하를 꿈꾸었다. 오나라 왕 합려가 그의 초막으로 찾아온다. 인재를 구하는데 왕이 직접 행차한 것이다. 손무는 사람의 충심과 간사함을 구분 못하고 나라에 해를 끼치는 왕이 적지 않다고 충언한다. 합려는 그런 말을 하는 손무가 더욱 마음에 든다. 과인과 함께 천하를 꿈꾸자며 손무를 대장군으로 임명한다. 유비가 삼고초려로 제갈공명을 얻는 것과 같다.

손무는 재상 오자서와 함께 초나라를 격파하는 데 지대한 공을 세운다. 손무의 반대에도 불구하고 오나라 왕 합려는 남쪽의 작은 월나라를 깔보고 공격하였으나 패하고, 부상 후유증으로 죽고 만다. 손무와 오자서가 합려 아들 부차를 보좌한다. 부차가 패권을 잡고 경국지색 '서시'에게 빠질 무렵, 손무는 사라져 은둔한다. 그는 떠날 때를 아는 자였다.

그 후 오왕 부차는 오자서의 말을 듣지 않고, 간신 백비 말을 듣고 북진정책을 펴다, '와신상담'으로 칼을 간 남쪽의 월왕 구천에게 패하고 자결한다.

오나라 왕 합려가 살아 있을 때 일이다. 그에게 근심거리가 있었는데, 조카인 반란군 경기였다. 오나라를 위해 경기를 제거해야만 했다. 합려가 초나라를 치러갔을 때 경기가 성을 공격하면 속수무책이었기 때문이다. 손무는 자객을 보내기로 한다. 손무가 나부산에 은거할 때 만난 기인 '요리'를 찾아간다. 요리는 개 잡는 백정이다. 사마천의 『사기』, 「자객열전」과 「유협열전」에는 나오지 않는 인물이다.

기원전 중국의 춘추전국시대 수컷들의 군웅할거를 '멋있어, 멋있어' 하며 보고 있다가, 느닷없는 자객, 개백정 요리 때문에 눈앞이 흐려졌다.

— 조상님 불초손 요리가 절을 올립니다. 저는 어려서부터 가난하고 외로웠고, 세상의 비난과 멸시를 받아왔는데, 오늘 드디어 벗어날 때가 왔습니다. 대장군이 오나라 왕의 청을 받고 저를 찾아왔습니다. 이는 제 생애 최고의 영광인데, 제가 어찌 마다하겠습니까. 조상님 제가 명예를 세워드리지요. 가문을 빛낼 때가 왔습니다.

개백정 요리는 자신의 오른팔을 자르고 아내와 자식을 죽이고 경기에게 신임을 받는 자객이 되어, 어느 날 그를 죽이고 오나라로 돌아온다.

— 요리는 진정한 장사로다. 무엇을 원하는가?

오나라 왕 합려가 묻는다.

— 사서史書에 저희 가문 이름을 한 자 올려주십시오. 그것으로 충분합니다.

물론 오왕 합려는 그에게 천 평의 땅과 비단을 내린다. 그는 귀족이 되었다. 그를 시기하는 사람들은 그가 자신의 명리를 위해 한 일이라고 말할 수도 있다. 그러나 개백정 요리는 나라를 위해 가족의 목숨과 자신의 목숨을 걸었다. 과연 지금의 대한민국에는 나라를 구하기 위해 목숨을 걸, 오나라의 개백정 '요리'만 한 위정자라도 있단 말인가.

요리는 애국지사다.

이제 돌아와 쉬고 싶다, 적토마는

그해는 어느 해보다 일찍 동장군이 찾아왔다. 한동안 뜸하던 입시 추위가 제법 폼을 잡고 찾아왔건만 수능일이 일주일 연기되었다. 수능 하루 전날 포항에 규모 5.5의 지진이 발생했기 때문이다. 전 국민이 두려운 눈으로 텔레비전 앞에서 우리나라도 결코 지진에서 자유로운 나라가 아님을 지켜보았다.

일주일 연기된 2017년 대학수학능력시험이 일찍 찾아온 추위 속에서 별 탈 없이 잘 치러졌다. 추가 지진도 없었고 여진도 없었다. 2017년에 수능을 친 학생들은 아마도 열아홉 살 겨울을 영원히 잊지 못할 것이다.

나는 열여섯 살, 중3 때의 그 겨울을 잊지 못한다. 대구에서 태어나 자란 나는 고등학교 시험을 두 번이나 쳤다. 사지선다형의 정답이 모두 삐딱하게 인쇄되어 있었던 것이다. 그 희대의 입시부정사건으로 교육감이 자살했다. 그 겨울은 내 삶에 얼룩진 기억으로 남아 있다.

멀쩡하던 날씨도 입시 날만 되면 짱짱한 칼날 같은 날씨로 돌변했다. 그 겨울의 그날은 진눈깨비가 내렸다. 버스에서 내렸을 때 길바닥에 진눈깨비 녹은 물이 흥건히 고여 있었고, 나는 그 얼음물에 발목까지 빠진 채 시험을 보러갔다. 그때부터 아마 내 삶이 순탄하지 않을 것 같은 불길한 예감이 들었다.

돌아보면 참으로 격동의 세월을 살아왔다. 마치 한순간도 쉬지 않고 눈보라를 뚫고 달려온 '적토마' 같다는 생각이 든다. 초등학교 때는 국민교육헌장을 달달 외웠고, 고등학교 때는 군사훈련을 했고, 대학 3학년 때는 10·26사태(박정희대통령 서거), 대학 4학년 때는 광주 5·18민주항쟁, 서른 언저리에는 6·10 민주항쟁, 마흔 즈음에는 외환위기IMF가 터졌다. 그때 많은 사람들이 일자리를 잃었다.

20여 년 전 전두환과 노태우 대통령이 감옥 가는 걸 보고 구세대의 청산인가 했더니, 검찰 조사받던 노무현 대통령이 2009년 서거하고, 2017년 박근혜 대통령이 탄핵으로 감옥에 가는 모습을 목도했다. 이젠 끝이겠지. 설마 내가 눈을 감기 전까지 또 어느 대통령이 자진하거나 감옥에 가는 걸 볼 일이 있겠는가 했다. 그러나 2018년 우리는 또 이명박 대통령이 구속되는 걸 지켜보아야 했다.

한 나라의 백성으로서 어떻게 하면 이런 악순환을 멈추게 할 수 있단 말인가. 차라리 독립운동이 쉬울 것 같은 생각이 든다. 허나, 독립운동을 할 때도 백성이 한마음이었을까. 그럼에도 불구하고 우리는 국가권력이 국민의 생활을 간섭하는 '전체주의'가 아니라, 다수 민중이나 집단에 의한 통치를 추구하는 '민주주의'가 아니라, 개인의 자유와 권리를 최우선으로 하는 '자유민주주의'를 수호하는 나라로 거듭나며 여기까지 왔다. 그렇지 않은가? 그러나 한 발만 잘못 내디뎌도 '민주주의'라는 가면을 쓴 독재와 전체주의의 잿밥이 될 수 있다. 그럴 리가 없겠지만, 혹여 그런 일이 일어난다면 그 동안 자유민주주의를 위해 던진 목숨들에 진 빚은 어찌할 것인가.

농경사회와 산업화사회와 정보화사회를 다 거치며 살아가고 있다. 60갑자를 다 살고, 다시 태어난 해를 통과하고 있다. 앞으로 60년을 더 살기는 어렵겠지만, 새롭게 시작하고 싶은 열망이 가슴을 가득 채운다. 길게는 30년, 짧게는 10년 혹은 20년쯤 살다가 다른 세상으로 이동할 것이다. 삶의 숙제를 아직 다 해결하진 않았지만, 언제든 미련 없이 떠날 수 있도록 주위를 정리하고 작별인사도 생각날 때마다 해둔다.

인간은 언제쯤 죽으면 넘치지도 모자라지도 않을까. 인도의 사주기四住期설 중, 임서기 이후면 나쁘지 않을 것 같다. 인도의 사주기는 공부하는 학습기學習期와 가정을 이루고 자식이 성인이 될 때까지의 가주기家住期와 수행을 위해 숲으로 가서 은둔하는 임서기林捿期와 돌아다니며 지혜를 나누는 유행기遊行期로 나뉜다.

생각해보니 내 DNA를 받은 자식이 자식을 낳아서 걸음마를 시작하는 걸 보게 되면, 그때쯤엔 죽어도 아무런 여한이 없을 것 같다는 생각이 든다. 그 이후의 삶은 덤이다. 오래 살아 사회에 보탬이 된다면 금상첨화겠지만 저출산시대와 무서운 속도로 달려오는 고령화사회에 아무런 대책 없이 자손들의 등골을 빼먹을 수는 없는 노릇 아닌가. 어떻게 대처해나갈 것인지 두렵기까지 하다. 덤이 축복이 될지 재앙이 될지는 위정자들의 몫이다.

어쩌면 베이비부머(1955~1963)들에게 주어진 마지막 미션은 삶의 숙제가 끝나는 대로 미적거리지 말고 빨리 다른 세상으로 떠나주는 게 아닐까. 해방 이후 70여 년간 모든 구렁텅이란 구렁텅이는 다 빠졌다가도 불사조처럼 되살아나 이 나라를 위해 힘이 되었다고 생각한다. 하다못해 '베이비부머세대'라는 인구증가정책에 일조하지 않았는가.

앞으로 몇 년 후면 모든 베이비부머들이 은퇴한다. 그때까지 우리

사회가 여전히 합의(노사합의, 보수와 진보의 합의, 여야의 합의, 계층 간의 합의, 세대 간의 합의, 남녀 간의 합의)를 이루어내지 못하고 갈등하고 있다면 자멸의 길로 가게 될게 불을 보듯 뻔하다.

외환위기 이후 서서히 무너지기 시작한 중산층은 이제 완전히 사라지고, 상위 10%와 저소득층 90%인 나라가 되어가고 있다. 위정자들이 정책을 내놓을 때마다 서민들은 더욱 빈민층으로 내몰리고, 부동산대책은 발표할 때마다 오히려 집값이 폭등을 하고 있다. 90%의 국민은 가만히 앉아 있다, '부동산테러'를 당한 꼴이다.

중산층이 사라지면 모든 소비가 다운이 되고 경제가 돌아가지 않게 된다. 또한 계층 상승의 사다리가 사라진다면 빈민층이 부자를 증오하는 사회갈등과 위화감은 더욱 증폭될 것이다. 어떤 계기로든 사회 불만이 마그마처럼 분출될지도 모른다.

지갑이 얇아진 저소득층들은 더욱 돈을 쓰지 않는 악순환이 계속될 것이다. 상위 10%는 국내에서 돈을 쓰는 게 아니라 외국에서 돈을 뿌리기 때문에 우리 경제에 전혀 도움이 안 된다고 본다. 그렇게 20년을 잃어버린 이웃 일본을 우리는 목도하지 않았는가. 그들은 중산층을 살리는 대담한 금융정책인 '아베노믹스(2012~2020)'를 실시했지만, 결과는 여의치 않다.

요즘 정계를 보면 길이 안 보인다. 어디서부터 단추가 잘못 채워지기 시작했을까. 팬데믹pandemic 시대. 제발 서로의 얼굴에 침 그만 뱉고 나라 살릴 생각을 좀 하면 안 될까 싶다. 과거를 돌아보고 성찰하며 미래를 설계하는 건 당연한 일이지만, 내 눈엔 불안하기 짝이 없다. 계파간 패권다툼으로 금쪽 같은 나날을 허비해서도 안 되지만, 과거만 후벼파서야 무슨 앞날의 해결책이 되겠는가. 또한 무리한 포퓰리즘 정책으로 나라가 빚구덩이에 앉는다면, 아르헨티나나 그리스처럼 대한민국이 부도나지 말란 법도 없다. 그때쯤, 위정자를 제외한 전 국민의 망명을 받아줄 나라라도 존재한단 말인가.

더 이상의 목불인견目不忍見을 보고 싶지 않다. 그만큼 꼴불견을 보였으면 '역사'도 염치가 있으리라 생각한다. 아무튼, 눈보라 세월을 쉬지 않고 달려온 베이비부머들에게 축배를 권한다. 팬데믹 시대에도 죽지 않고 살아남을 그대에게 이 밤 한없는 연민과 애정을 보낸다.

이제 돌아와 쉬고 싶다, 적토마는.

정영희 산문집

콤플렉스 사용설명서

지은이_ 정영희
펴낸이_ 조현석
펴낸곳_ 북인
디자인_ 푸른영토

1판 1쇄_ 2020년 09월 29일
출판등록번호_ 313 - 2004 - 000111
주소_ 121 - 842 서울 마포구 서교동 467 - 4, 301호
전화_ 02 - 323 - 7767
팩스_ 02 - 323 - 7845

ISBN 979-11-6512-015-3 03810

이 도서의 국립중앙도서관 출판예정도서목록(CIP)은 서지정보유통지원시스템 홈페이지(http://seoji.nl.go.kr)와 국가자료종합목록시스템(http://www.nl.go.kr/kolisnet)에서 이용하실 수 있습니다. (CIP제어번호 : CIP제어번호 : CIP2020039691)

책값은 뒤표지에 있습니다.
저자와 협의 아래 인지를 생략합니다.